王大智作品集

青演堂叢稿六輯　小說

流　星　會　館

王大智

萬卷樓

成 長 都 要 付 出 代 價

有 人 付 出 代 價 少

那 是 因 為

他 有 個 好 老 師

序言

這是我第一部長篇小說，也是十幾年前寫的小說；完稿於 2009年。我對於這本小說，有很多想說的話。但是，臨到寫稿，又不知從何說起。

這本小說，本是寫給學生看的。要不要發表，很費躊躇。結果，一晃十年過去。朋友說，這部小說太奇怪了，從形式到內容都怪，沒有人這樣寫小說的。看了以後，不清楚它到底是小說、劇本、語錄、日記；還是口述歷史。

王羲之有個叔叔，叫作王廙。他說過一句話「畫乃吾自畫，書乃吾自書」。這個書字，是指寫字，而非讀書。（如同「禮樂射御書數」的書一般，是指寫字，而非讀書。這個小事，很多大學者不知道，也是特別）可見王廙會寫字畫畫，他是個藝術家。這個藝術家，是真藝術家－知道自己在幹什麼。

我用上面這段話，回答了我的朋友。表示對於他的疑惑，沒有答案。我只知道，藝術是表現自我的方式。它與別人的看法與分類，沒有什麼關係。別人喜歡，我還是我。別人不喜歡，我還是我。蘇東坡說的好「（為文）大略如行雲流水，初無定質，但常行於所當行，常止於所不可不止」。我寫點東西，不會居於格式體裁，更不會受宥於金錢好惡。有知我者，多一個神交朋友。不知我者，如何遷就，還是不知。與我何干。

王廙是王羲之的叔叔，也是他的藝術啓蒙老師之一。（另一位是衛夫人）王廙是王羲之的老師，王廙也是我的老師。

對於《流星會館》，就說到這裡罷。是為序。

王大智寫於青演堂北窗

書中主要人物

李師傅　前清老世家，民初新派人物。精通武術與中國舊學。生平不為人知。六十歲以後，授拳論道自娛，有學生五六人。

明　華　李師傅舊識，紐約開餐廳。與李譜出黃昏之戀，成為大家的新師母。

禮　夏　大學中文系、藝術系學生。喜探索人生，勇敢於發問，受益於李師傅最多，李師傅的關門弟子。

美　麗　禮夏的太太，可愛體貼，機靈聰慧。跟禮夏是青梅竹馬。

世　雄　經營油漆業務，遊戲人生，功夫了得。李師傅的大弟子。

祖　安　金飾店小開，好念佛與健身，穩重的商人。李師傅的二弟子。

國　威　中藥店小開，喜好粗獷，對武術癡迷。李師傅三弟子。

福　貴　李師傅徒孫，世雄的學生。耿直憨厚，工廠工人。

錦　花　福貴女友，與福貴氣味像似，鄉下姑娘。

賈　六　李師傅舊部。

目次

第一章【1】出手

下午兩點，天氣很熱。紅燈等了好久，世雄開始不耐煩。他拿出客戶的地址，把門牌號碼再看一遍。

「叭！叭！叭！－」後面的車子猛按喇叭。世雄對後照鏡望望。「叭！叭！叭！－」喇叭聲繼續。世雄皺了皺眉頭。開車兩年了，他對於喇叭的聲音很熟悉。喇叭是人按的，可以表現出人的各種心態－可以很溫柔，也可以充滿怒氣；可以說「對不起」，也可以說「他媽的」。就像古典音樂一樣，聽多了，就可以體會出音樂家的意思。

後面的車，顯然充滿了暴戾之氣。世雄很反感。紅燈啊！你在等，難道我不在等嗎？「叭！叭！叭！－」又響了！世雄把車門打開，伸出頭去向後看。後面車子也開了窗。

「你看什麼？」後面的人大聲說。

真是太奇怪了，無理取鬧！世雄縮回頭，關門，把窗子搖起來。綠燈。世雄打排擋，踩離合器。有人敲他的車門。世雄把窗子搖下來。

「你看什麼？把車子開到旁邊去。」講話的人，神態有點不對。世雄心裡轉了好幾次，呼了一口氣，把車子開到馬路旁邊。

兩輛車停在馬路邊。世雄下來，看對方到底要幹什麼。對方車上下來兩個人，大約四十歲左右。應該都喝了酒，講話很大聲。世雄不想辯解，對於不講理的人，最好不要辯解；等他們把話說完就是了。世雄低著頭，聽他們瞎扯；腦子裡想著客戶的事情：一桶油漆…三十五桶…先看貨…可能要調給他們做樣品。價錢…可是，對方講話真大聲，他不能有條理的想事情，腦子裡浮現了他的武術師傅，李師傅。……

「對牛彈琴，錯不在…在牛！」李師傅說。

李師傅口吃，尤其激動的時候。他越急，越講不出來。他急，聽的人更要急死！世雄想到師傅講話的樣子，不禁笑了起來。

「喂！你笑什麼？嗄？」對方靠近，臉孔幾乎碰到世雄的鼻子。

「揍他！揍他！」另一個人大聲附和。看起來醉得更厲害。

一個拳頭飛過來！世雄沒有動，左臂架起 L 字格擋。又一拳過來，世雄輕巧移動身形，使出「一字滑閃」。兩拳落空，對方失了面子。在「幹」聲連連中，開始對世雄施以亂拳。世雄彎腰，雙臂上舉；身體左右轉動。……

「虎…虎抱頭！跟著做。對，對。就是這樣！」李師傅快速的轉動著身體，一點看不出來已經七十多歲。

「其實，這個動作，不應該叫…叫做虎抱頭。俗得很。鄉氣！應該叫做護抱首！講…講白了，變成…虎抱頭。不要小看它。以…以為它是挨打的招式。它可是能夠救你的命。嗄？什麼時候用？當然是別人圍毆你，施…施以亂拳的時候。亂拳。不懂？就是王…王八拳啊。打人如王八泅水，四腳亂刨！好笑？沒有章法？嘿！挨一下也…也夠受。」

世雄感激師傅。虎抱頭的確好使。至於手臂嘛，當然挨了不少下。不過世雄相信，對方更不好受。尋常人拿胳膊往練「金剛圈」的人手臂上敲，自討苦吃。對方形勢上佔了上風，實際上，沒有討到絲毫便宜。忽然，有人抬起一腳，踢向世雄的下襠。……

「你說說看。牛，這種動物四條腿。你兩條腿。你對牠彈…彈琴。牠不懂。是牠不對還…還是你不對？牛嘛，對…對牠彈什麼琴。牛嘛，就…就要用…鞭子打牠！」李師傅邊噴煙邊講，神態很悠閒。對喔！師傅的話裡有話！怎麼在這種場合才想通呢？對牛彈琴，錯不在牛。牛，就要用鞭子打牠！對於不講理的人，就不該跟他講理，該狠狠揍他。…

「記住！本門沒…沒有打抱不平！只有暴打不平！」

師傅說過這話！世雄腦子裡電光石火，動作也不慢。正面小馬步略一調整，換成左勢弓箭步。前鋒腿自然的擋住了那一腳。一個動作有了效果，其他動作就接著來了。世雄向右擰身，「呼」的一聲擊出左拋！再左擰身，右拋又擊出！

世雄個子大，背厚。左右拋，是平日苦練的動作。師傅要求他一秒鐘左右開弓六個拋鎚。世雄做起來稀鬆平常。六拳一個單位，一旦開打，停不下來。書上說什麼秋風掃落葉，應該是誇張了。那個場面怎麼形容呢？打過保齡球麼？STRIKE 全倒！就是那個樣子。世雄發現兩個人都摔在地上，姿勢還很難看。其中一個，小聲呻吟，滿臉的血；也不知道是鼻子裡還是嘴裡冒出來的。另外一個沒有呻吟，世雄覺得，他的臉孔有點變形。…

「出…出手見紅！要打，就要把人打趴下。然後？然…然後就是學問了。」

李師傅把長長的菸灰，磕在大理石煙灰缸裡。

「你們帶刀麼？不要帶！危險。要知道：小刀子一出有三難！」李師傅提高聲音。

「難。困難的難啊。第一，你把人殺了，怎麼辦？難啊！第二？你沒把人殺死，傷了！怎麼辦？呵呵。更難！第三，你沒殺了人，人家把刀搶…搶過來，給你一刀！又要怎麼辦？」

「所以，不要帶刀。同…同樣的，不要輕易出手。出手就要想到下一步，怎麼收拾。不能收拾的局面，不…不要輕易出手。」

世雄記得師傅的每一句話。看著兩個倒在地上的人，世雄大著膽子說：

「不要找麻煩。好吧？」
地上的兩個人沒有說話。說不出話。

「今天的事情，就這樣過去。好吧？」
對方點點頭。

「我們不要再見面。見面也假裝不認識。」
對方低下頭。酒大概也醒了。世雄看看旁邊，沒有警察，也沒有路人觀看。運氣不錯！他快步回到自己的車裡，把車子開走。過了三個紅綠燈。剛才的打人畫面又回來了。一個弓箭步擋人家的腿，啪啪六拳！嘍！怎麼這麼自然啊？武林高手啊。啊！師傅真不簡單。可惜！跟人家說狠話的時候，說了兩次「好吧？」-真敗筆！

那天，世雄生意談得還不錯。人家訂了五十桶漆。

青演先生批：

現代社會，到處人擠人。馬路上擠，工作場所擠，娛樂場所擠。假日去郊外走走，不知是看風景還是看人。人多了，就有修養問題。一個隱士住在深山裡，每天面對山林草木，流水煙霞，需要什麼修養？一個人活得像隻獨居動物，需要什麼修養？身處現代社會，調節自己身心，是最重要的事。其實。也不是現代人的事，在悉達多太子那個時代，也是如此。

第一章【2】客廳

客廳不小，大約有十坪。進門右手，擺著長櫃。門和窗子在同一邊，窗下有小書桌和一張椅子。對面角落，有一組沙發。也許客廳並不是很大，只是家具簡單。

幾個人圍著茶几，坐在沙發上。興高采烈的說著世雄打人的事。李師傅坐在書桌旁的藤椅上，他喜歡坐在那裡。可能是因為，靠窗，可以抽菸。可能是因為，沙發是留給客人坐的。也可能是因為，他這樣坐，會比其他人高一點。

國威很興奮，不停的重複問一些細節。

「那個人踢你用力嗎？」

「你轉的小馬步是幾度角？是用小腿還是大腿擋住他的？」

國威專科時候唸機械，對於武術幾近瘋狂。練起拳來總是問東問西，要把道理弄清楚。

「神經病。我怎麼記得。那麼混亂，大概總共也不過十秒鐘。」

「精采啊。」國威搓搓手，臉色紅紅的。

李師傅發出一點聲音。

「師傅。你怎麼說？想聽聽你的看法。」國威問。

李師傅笑笑，攏了攏灰白頭髮。

「這有什麼好說的？不…就是把人…打到鼻口竄血麼？」

「那幾個傢伙倒楣，不知道遇到的是什麼人！」國威又開始搓手。

李師傅收起笑容。

「不可以這樣講。記住！一山還比一山高。不…不要說什麼狂妄的話。」

國威點點頭，表示受教。

「本門練拳，目的…當然在防身護體。但是一條，在外面如果跟人家談…談起來，只能說是練練身體。切忌張狂！」李師傅拿起玻璃茶杯，喝了一口茶，蓋上透明的硬塑膠蓋。

「比方說，這次世雄的事。你是遇到…兩個醉漢啊！」

「把醉漢打一頓，又…又怎麼樣？」李師傅把身體微微往前傾。

「師傅。那兩個人很凶啊。很不講理啊。」

李師傅表情柔和起來。

「能忍還是要忍。我跟你們說過多少次。忍到不能再忍，怎麼樣？」

「再忍一忍。」國威很快的說。

「對！再忍一忍。」

李師傅拿出三五牌香菸。抽出一枝，夾在食指和中指之間。

「怎麼樣？虎抱頭…好用？」

「真管用！」世雄說。

李師傅把雙臂抬起，做了個腰部旋展的動作。

「重…重點在於腰部旋展。旋展，不是旋轉！旋就是轉，旋什麼轉？況…況且，要一面旋一面展。展…展開啊。把動作展開，隨時觀察下面的可能性。伺機而動！又不是陀…陀螺。人家打你，你旋…轉個什麼勁兒？」

幾個人聽的很有味道。旁邊坐著的福貴，拿出筆記本。

李師傅把煙點上。看著世雄。

「拋…拋鎚怎麼樣？一秒鐘六拳！」

「嘿嘿！」世雄笑得講不下去。

「你…你站起來。給他們再演練一次。」李師傅說。

世雄走到長櫃前面。擺開架式。沒有什麼準備。肩膀左右一晃，就拋出六拳！那個拳是快！而且沉！大家只聽到「呼呼」的聲音，看見世雄身前一團影子；他已經做完動作了。

「好唉！」國威大聲喝采。

李師傅瞇著眼睛吸了一口菸。

「是…是不錯！」

「你…你說。這個拳什麼人擋得住？拋拳！完全是破壞性的拳法！不找目標－不管你鼻子眼睛，耳朵還是太…太陽穴。上去就他媽的打！」

李師傅拿菸的手，在空中有力的比了一下。世雄呼了一口氣。

「想當年。你們有個師叔。是個和尚。那個人笨！又高…高大。跟我們一起練拳。」李師傅磕了磕菸灰。

「你們師爺…嫌煩。說這個笨…笨傢伙怎麼來的？可是也沒有辦法。只好教啊。教什麼呢？什麼都記不住。師爺就教他一記拋拳，就這麼一個動作。大家學拳的時間不一樣，很久不見面。大概過了三幾年吧？一次又看見他啦。師爺叫他練個拋拳給大家看看。他一上來！好傢伙。雙手一舉，兩隻僧袍袖子，唰地鼓…鼓了風！像個大…大蝙蝠一樣！接著，只聽到轟轟連打幾十拳。打完了一看。兩…兩隻袖子都掉了。那真是嚇…嚇死人！」

「嘩。」國威眼神很專注，張著嘴巴。

世雄聽了師傅的一席話，心裡有點甜。原來還有個師叔跟他一樣，拋拳厲害。不知道他們兩個人誰的拳快？世雄想像著他師叔，想像著他師叔練拳的模樣。心裡又有點發苦。那個師叔真的很笨麼？是因為…笨人才學拋拳麼？世雄一百八十六公分，一百多公斤。他想著想著，猛地站起來。

「師傅。我還會別的。」

李師傅笑容可掬。

「我知道…你還…還會別的。」

青演先生批：

人是群居動物，不能沒有往來，不能沒有朋友。怎麼往來？交什麼朋友？那就因人而異了。工作上，沒有什麼朋友；沒有真心的。閒暇裡交的朋友好；最好是，因為一種愛好而成為朋友。說實在，夫妻不也是這樣麼，有共同愛好的，容易長久。愛好這件事，真是千奇百怪。行行出狀元，玩索必有得；無論愛好什麼，久了就有收獲。

第一章【3】十全大補丸

國威回到家，晚上不能入睡。他心裡一直想著師兄的抛拳。一秒鐘六拳！每一拳都是由腳跟發力嗎？應該不可能。但是，我們「兩翅搖」都練得好，動作再快，也可以隨時從腰部發勁。蝴蝶肌！對了。蝴蝶肌。蝴蝶肌要夠厚，才能配合腰力。師兄個子那麼大，背那麼厚，怪不得動作紮實。國威脫掉衣服，看看脅下。不可能的。自己的抛拳永遠不能像師兄一樣。

那一腳是重點！人家是怎麼踢的呢？師兄也夠快；馬步轉小弓步，化解撩陰腿。國威站起來，左右變換著步子。想像著如何以腿擋腿。角度呢？到底轉幾度，就可以化解？就這樣，國威在房子裡左轉右轉，花了一個小時。要吃藥了，練功不可忘記吃藥。他從櫃子上拿下「十全大補丸」。吞了六顆。

青演先生批：

社會上任何行業，到了極高明的境界，都可以叫作藝術。例如政治藝術、商業藝術、軍事藝術…什麼叫作極高明境界呢？那就是個看不見技術的境界－沒有斧鑿之痕的境界。技術不等於藝術，但是藝術不能沒有技術。技術要跨越到藝術，可不是容易的事。那是長久鍛鍊的結果，也是心理突破的結果。

第一章【4】光弧之外

徒弟們都走了，十一點半。李師傅打開門廊上的燈。昏黃的燈泡，把院子照出一個半圓形的弧；弧的外面，很黑。隔壁的鄰居，早就熄燈休息。李師傅從書桌的中間抽屜裡，拿出一支白鐵手電筒。旋開尾端的蓋子，把兩個電池倒出來。他看了看電池，把它們的次序顛倒，再裝進去。這件事，李師傅每天晚上都做一次。電池常常顛倒次序，壽命會長一些。

他把手電筒放進口袋，推開紗門，緩慢的走下四級台階，走到院子裡。下台階可要注意，不比上台階啊。上台階有肌肉隨著用力。下台階可不同，一次次的撞擊膝蓋骨，早晚出問題。七十多了，也早有些問題。人活著嘛。也就是憑一股氣。「人倚氣，佛賴香」。李師傅想到，剛才跟徒弟講這個問題。國威自作聰明的接話。「也就是佛要金裝，人要西裝。對不對？師傅？」李師傅嘴角動了一下。現今社會就是這樣！古人說「謔而不虐」嘛。什麼佛要金裝，人要西…西裝？

李師傅在燈光的圓弧中，走了一會兒。隨意的做了幾個動作，擺了幾下拋拳。他的動作柔和，但是比徒弟們複雜。左拋右拋後，接著雙盤手；右拳自耳際快速標出！「唰」的做了一個砍拳！動作還可以，越老越複雜囉。「老不看三國」嘛。李師傅對自己的頭腦有信心，腦子裡的各種資料，串起來得快；跟年輕時候不相上下。…串起來最重要，不能串起來，不就都是死知識嘛。李師傅在微弱的燈光中，演示著，旋展著。他拉起架勢，緩慢的沿著光弧的邊緣，邁著步子。每一步中，都有著進退，都有著閃避與攻擊。

青演先生批：

孤獨是自我的影子。沒有自我的人，隨波逐流，不懂什麼是孤獨。有自我的人，發現自己那麼不同。發現與自己相同的人，那麼少；孤獨，就漸漸靠上來了。不過，孤獨也沒什麼，孤獨並不可怖。孤獨不是寂寞，孤獨只是一個人自處罷了。寂寞就不同嘍，有人在燈火輝煌處，還是很寂寞－那就可悲了。孤獨不可悲，孤獨只是一種生存方式。

第二章【5】颱風

颱風天，要注意。李師傅家的院子大，圍牆旁邊有幾棵樹。要是吹折了，雖然不會倒在屋頂上。但是要是吹斷了亂飛，就可能打破窗子。李師傅對這些事情很小心。一個人住，年紀又大，不能不處處注意。他打開收音機，留心聽著新聞廣播。

早上十點，國威來了電話。

「師傅。我是國威。颱風天，師父要注意。」

「欸。欸。我會留神。」

「師傅。要不要我來幫你把樹鋸了？」

「謝…謝謝了。你不要麻煩。」

「不會。我過來了。」

「不…不要。颱風天不要到處跑。路上危險。掉…個招牌下來。打…打到不好。真…真的。不開玩笑。問候你的父母，颱風天哪裏也不要去，陪陪他們。」

「真的不需要嗎？」

「真…的不需要。你在家裡，沒事練練拳。回頭我們研究…研究。」

李師傅放下電話，把收音機聲音轉大了些。他走到窗戶旁邊，抬起頭，看了看灰濛濛的天空；雲朵流動得很快。看起來是個大颱風；院子一定要處理。他打電話給世雄。

「世雄。你看看你…店裡有什麼…鋸子之類的東西。…對，對，要鋸鋸。」

放下電話，李師傅再抬起頭看看天色。晚上大概要進入暴風圈吧。

世雄的動作快。颱風天，工作都放下了。十一點鐘他就到。手上拿了個小電鋸。按電鈴。

「來了。」李師傅在屋裡大聲回答。

開門後，兩個人在院子裡站了一會兒。

「麻煩…你了。」李師傅說。

「別這麼說。師傅。電鋸啊。簡單的事情。三棵樹嘛。剛好運動運動。」

李師傅笑了笑。

「我要跟你借一張凳子。」世雄說。

「有。在廚房裡。」

世雄走進屋子，穿過客廳，到廚房。廚房有個吃飯的方桌，旁邊有高腳的木頭板凳。世雄發現，爐子上有吃剩的半隻雞。

世雄的動作是快。他站在凳子上，每棵樹三分鐘，把可能發生問題的枝子都鋸掉了。

「進來坐坐。」

世雄看著院子。把板凳拿到門廊下。

「師傅。院子要不要順便整理？」

「不要。怎麼整理？」

李師傅說得沒錯。院子裡，除了一塊水泥地外，真是雜草叢生。有的地方，茅草已經到了腰際。

「以後再來弄吧。」

「不…不要。以後也不要弄。這樣好。院子可以大，但不…不要顯…顯得是個大戶。我一個老頭子住。你…你懂吧？」

世雄不大懂。他四下張望，想要再做點事情。畢竟來幫忙，十分鐘做完所有事，好像沒盡力。

「師傅。門廊下面的棍子和啞鈴？」

「那…那也不要動。那是我的門…門面。」李師傅笑著講。

「棍子我自己會拿進去。啞鈴你沒…沒聽說過會吹跑的吧？」

世雄也笑了。他走過去，拿起棍子中特別粗的一支。走到院子中間的水泥地，耍了一個棍花。

李師傅在門廊的板凳上坐下來。

「棍…棍夾槍。槍札一點，棍打一片。本門棍法中，有…有槍有棍！演的時候如此，應用的時候，心裡也要…明白。」

世雄走回門廊，站在師傅旁邊。

「一寸長，一寸強。一寸短，一寸險。不要忘…忘記。」

忽然之間，靈光一閃。

「師傅。那人呢？人是不是也是這樣啊？」世雄問。

李師傅怔了一下。

「好－。說…說得好！」

李師傅把上衣口袋的菸拿出來。

「應該也是一樣。不然，怎麼會…會說：矮子矮，一肚子拐呢？」

找不到打火機。世雄要進去拿。李師傅舉起手，表示不要。

「萬…萬變不離其宗。在生物學上來講，個子大的動物力量大。你說它強…強不強？但是，它…它就是溫和。比方說大象和鯨魚。沒有人能夠侵犯它麼！它為什麼需要耍…耍手段？」
世雄還是跑進屋裡，把打火機拿了出來。又替自己也搬了張板凳。

抽上了菸。李師傅活動一下肩膀。

「本門，要求往強這個字走。不往險這個字走。險…就…就是陰謀詭計啊。」
世雄也活動了一下肩膀。

「你想。你腰裡有三…三億新台幣，你跟人耍什麼陰謀詭計？你的力量一拳能把人打死，你…你耍什麼陰謀詭計？你的朋友都…都是達官顯貴，你又跟人家耍什麼陰謀…詭計？」

「那不是走一種霸氣的路線嗎？」世雄問。

「霸…霸氣？社會上有強有弱。強者出頭，合於生物法則。弱者要是出頭，那…那就奇怪了。你說弱者他怎…怎麼出頭？他不使陰謀詭計，他…怎…怎麼出頭？你剛才不是說，一寸短一寸險麼？」

「再問你。《三國演義》看過吧？諸葛亮在西城，以兩千五百老弱殘兵，騙過司馬懿一十五萬精兵。號為空城之計。要…要是司馬懿有百萬大軍，你說諸葛亮，他能不能騙…騙得過去？要是有百萬大軍，司馬懿根本不會理會諸葛亮騙人不騙…人。早就把你踏…踏平。吃…吃的骨頭都不剩。」
李師傅吸了一口菸。接著說。

「再講。還…還是說三國。曹操攻打袁譚。袁譚派了辛…辛佐治去投降。曹操霸氣啊。劈頭就問，你投降我是真的…假的！辛佐治回答的好。他說，你根本不必問我是真是假，你只要看看勢字就好了。你這麼強，我這麼弱。完全的一面倒！根本沒有耍陰謀詭計的空…空間。結果，曹操說，與辛佐治相見恨…恨晚！給了他官…官作。」

世雄不是太懂。《三國演義》他只看過漫畫。但是，他覺得好像開了個頭。這個問題，他會再仔細想想。

「科學就是宇宙法則。這個道理，外國講得比中…中國好。人活著，外不能離開生…生態學和生物學。內不能離開生理學與心理學。強者出頭！天…天經地義！弱…弱者出頭！那就是陰謀…詭…詭計！」

李師傅沒有再講下去。他看起來有點激動。世雄悄悄的站起來，拿起凳子。

「師傅。有點起風了。我們進去坐？」

青演先生批：

人有旦夕禍福，天有不測風雲，一點不錯。人活在世上，最基本的，就是保衛自己，保衛自己的身體，保衛自己的家庭，保衛自己的事業，保衛自己的國家…要保衛的事情太多了。記得有修身齊家平天下那麼句話。保衛，也是一樣，要從小的地方做起；身體先要搞好，自己周遭的環境先要搞好。

第二章【6】胡椒雞

晚上八點多，風大了。李師傅看看窗外的樹，應該沒有問題。他把紗門外的棍子都抱進來。打開收音機。

不吃點東西不行。李師傅走進廚房，拉了一下電燈線。燈亮了，廚房牆壁上有一隻小蟑螂。李師傅輕輕走過去，彎下腰，俐落的拿起拖鞋。蟑螂開始緩慢爬動，李師傅把脫鞋仍在地上，坐下來，看著那隻蟑螂。大約過了一分鐘。李師傅又拿起拖鞋，過去把蟑螂打死。

吃什麼呢？還是那隻雞，胡椒雞。昨天他教明華，明華做的。胡椒是好…好東西，可以讓人發熱，保暖。做法簡單，一隻雞加上大量的胡椒；蔥、薑少許，一把鹽。金錢可貴！在有限的金錢之下，如何過最適意、恰當的生活。呵呵。人生可是無處不學問啊。明華多…多少歲了？不小了喔！小我八歲，也有六十四、五了。女人擅於保養，但是過了六十，也就困難。主要是胖，人老了絕不能胖。以前老輩人說笑話，「胖老頭沒有瘦老頭多」。意思是，胖子多半不老就沒了。老輩子人有意思，生活講究趣味。明華小時候，是留辮子還是短髮？怎麼沒有印象了呢？李師傅不再想明華，把瓦斯爐點上。

停電了。蠟燭在書桌抽屜裡，手電筒也在那裡。李師傅吸了一口氣。有些事情，還是準備的不夠周到。以後蠟燭要在客廳、臥室、廚房各放一支。廁所！廁所也要放。他摸黑走進客廳，每走一步，腳尖都像戲台上的武生演夜戲，向前探著虛實。點上蠟燭，手電筒放進口袋。李師傅慢慢回到廚房。把臘油滴在一個醬菜罐子上。蠟燭立好了，他去看爐子。爐子上的雞，有一點開始冒熱氣。

人老了，做事的時間要拉長些；無意的，也是有意的。李師傅花了將近一個小時，把那半隻雞慢慢吃完。他吃得很仔細，但是有一些部份，他不吃；比方說翅膀、屁股和雞皮。很多老人對這些東西趨之若鶩，可是李師傅不一樣。他把這些部份直接扔進垃圾桶！以前還年輕，愛看電影。進了戲院，如果發現電影很差，李師傅就立刻出來。他絕不肯因為花了錢，就一定要把電影看完。不要又花錢，又受罪。李師傅對於各種利害問題，想法都很實際。

吃完雞，把湯喝了。李師傅把鍋子和碗筷洗乾淨，又去清理垃圾筒；把垃圾裝進一個塑膠袋，打上活結。打活結很重要；要是還有垃圾要裝進去，就可以容易的把袋子打開。洗碗筷和清垃圾的時候，李師傅小聲唸著「阿彌陀佛」。他不信佛。但是，人總是要對付自己。他常常這樣跟徒弟們說。

電燈閃了一下，還是不行。大概就是這樣了。停電後大約三個小時，就會停水。李師傅到浴室，去看浴缸裡的水。很好，那是世雄替他放上的。他拿著蠟燭，挪進客廳，把蠟燭固定在長櫃上，走到書桌前坐下。窗子打開一個小縫，點上一支菸。起風天抽煙最好！屋子內外的壓力不同，菸會順著窗縫自然的吸出去。一溜煙塵！古人說得好！李師傅看著煙霧暢快地離開房間，有點出神。蠟燭有一點閃爍。書桌上，相框裡的人影，隨著燭火搖動著，好像有了生命。淑芳走了有七、八年。她身體一直不好，也是受罪。李師傅想著他們如何從海南來台灣，如何從基隆到台北。如何在新店山裡面，分到有院子的房子。這個時代，哪裡是人可以左右的？國運，家運，個人命運，都糾纏在一起，攪得一團亂。趕上了。

「淑芳。我很想念妳。」李師傅喃喃的說。

他把相框平放在桌上。

「妳休息。不打擾妳。妳…妳也不要擾亂我。」

李師傅關上窗子。壁鐘敲了十下。他又拿出一根蠟燭，放在旁邊。多年了。要入睡，總要三點以後。

青演先生批：

人是鐵，飯是鋼。誰說的？俗話麼，俗話哪裡有什麼出處可言？不過這個問題是可以想想。這個人講話，怎麼離不開鋼鐵啊。難不成，是個鐵匠鋪子裡的舊話？是個鐵匠發明的話？至少是個工人階級講的罷，讀書人講不出這種話。雖粗俗，卻有力。讀書人不行。風花雪月，讓人想著都頭疼。不過，想事情是件好事，想著想著，時間就過去了。

第二章【7】青眼

老年人的生活大都如此－百般無聊。說悠閒嗎？倒是悠閒。為生活而奔波的緊張，不復存在；因為奔波的動機，根本上就失去了。一個人失去活動的動機，自然就不活動。這種情況，在佛家而言，或許是一種境…境界。李師傅想到這裡，不僅露出了微笑。老年人好佛，難道個性已經都近佛了嗎？看來我是成…不了佛，我的戰…戰鬥哲學與佛無緣。或者，像大聖一般，成個鬥戰勝佛？

颱風過去很久了，下午仍然有點悶熱。世雄正在師傅那裡練拳，國威來按門鈴。世雄去開門，國威青了一隻眼。

「哎呀！怎麼回事！」

「沒事。」國威有點垂頭喪氣。

「眼睛被打腫了！」世雄說。

國威沒有說話。世雄放下棍子，對著屋內喊：

「師傅！國威來了！」

進了紗門，國威小聲的跟師父請安。

「師傅。」

「坐…坐下。」不用問，國威自己會講。

國威和世雄都坐下。李師傅點起一支菸。

「跟人打架啦。」李師傅還是著急，還是關心。

「沒有。跟人比武。」國威的聲音，仍舊很小。

「喔。比武。」

世雄自從有了街頭經驗，說到動手這件事，總有一點驕傲。

「其實，也沒有比什麼武。學校社團嘛。我去跟人家…講手，結果，也沒什麼啦。」

「呵呵呵。去踢人家的館啊。」李師傅笑了。

「踢館，老話叫做頂…頂香爐。到人家地盤，把人家燒…燒香的傢伙，頂在頭上就跑。人家不…不能混，追…追出來就打。呵呵呵。」

李師傅噴了一口菸，把窗子開大一些。

「學了本領，當然想要跟人切磋。不…不是壞事。」

國威嘆了一口氣。

「我跟人家說好了，比劃比劃，結果對方什麼話也沒說，一拳就揮上來。」

師傅的徒弟讓人打一頓，不是光采事。但是，這個事情要慢慢講。把信心打掉，以後不練了。怎麼講呢？李師傅心裡盤算著。

「國威，你去廚房拿幾個蓮霧，在桌…桌子上。」

世雄和師傅在客廳裡，沒有說話。世雄心裡的感覺很複雜。師兄弟挨揍，大師兄也沒面子。不過，前陣子打架打贏了。師兄師弟到底不一樣！師傅怎麼看這件事呢？世雄看著師傅。師傅會誇我兩句嗎？大概不會。

國威拿了一盤蓮霧進來。蓮霧上有水，應該是沖洗了一下。李師傅拿起一個蓮霧，啃了一口。

「吃…吃一點。世雄剛拿來的。新鮮。」

世雄拿起一個蓮霧。嗯。是很甜。國威也拿起一個蓮霧，沒有吃。

「你的眼睛處理了嗎？」

李師傅看看國威。國威點點頭。

「先冷敷，止血。再熱敷，去…去淤。」

李師傅又啃了一口蓮霧。

「我們練拳，要懂一些藥理。你們家的中…中藥店近來可好？」

國威點點頭。李師傅把蓮霧蒂放進菸灰缸。

「武這個字，學問很大。我們習武，是為了強身護體，不是為了跟人動手。」

李師傅點起一根菸。話頭一轉。

「但是，練武要看目的。也就是說，練武的人，層…層次確有不同。」

李師傅看看世雄。

「你當過兵，應該明白。」李師傅吸了一口菸。

「練武健身的，打不過練武打擂的！打擂的，打…打不過街上的流氓！。流氓，打不過警察。警察又打不過…軍人。我是說，特…特種部隊，專講打…打的那一種。」

世雄把身子從沙發裡移出來。國威把頭抬起來。

「練武健身的，根本不會打，身體壯一點而已。打擂台的，會…會打！但是，受制於規則。」

國威把頭又抬高一點。

「流氓打架，沒有規則。守規則的和不守規則的打…架，你說誰佔便宜？誰…誰吃虧？」

國威又低下頭，好像在回憶跟人「講手」的情形。

「再講。流氓看見警察，沒有不跑的。原因是警察打他，他…他能還手嗎？那…那只有挨…挨打。因為警察代表法律。那可是最…最大的…國家暴力！哪…哪個敢…敢還手？」

世雄直起身子。他在外面作生意，對這件事情有體會。

「可是，又有一條。警察可是只敢逮…逮人，不敢殺人！所以他們遇見那專門殺…殺人的國家暴力，又…又成了孫子。」

國威眼睛亮起來，拿起蓮霧狠咬一口。世雄低下頭，想了想。

「師傅。武是不是就是暴力？」

「難道還…是唱…唱歌嗎？」

李師傅答非所問。大家都笑了。

「暴力是一種習慣。人不能違背習慣！習慣於健身、打擂、制…制人、殺人者，對於暴力的定…定義，不同！」

國威把蓮霧吃完，青著一隻眼看師傅，眼神中有殺氣。

「師傅。你看我還可以改變嗎？」

李師傅把菸熄掉。

「那要有環境。環境讓你改…改變。不是來這裡聽講…讓你改變。」

「那我們，達不到武的最高境界了？」國威再問。

李師傅噴了一口菸，看著窗外，似乎在想怎麼回答這個問題。怎麼回答呢？怎…怎麼教這批孩子呢？

「我不是跟你們說，在外面，就說我們只是練…練身體麼？」李師傅輕聲說。

世雄看看國威，國威也在看他。國威動一動眉毛。世雄也動一動眉毛。

青演先生批：

成長是有代價的，不過代價不同。有人一輩子胡作非為，付出了寶貴的生命代價。有人一輩子平穩安逸，付出了未曾體驗人生的代價。兩難啊。人生是個不穩定的天平，永遠找不到相應的砝碼。不過，不穩定就是一種動能。不是說，人活者就要動麼。要是那個人生天平不動了，大概是因為它鏽死了。一個鏽死的天平是穩定的，因為，它已經死了。

第二章【8】餐館

不知是誰說起，要到外面去吃飯。沒有特別的原因，只是純粹聚餐。徒弟們說，羅漢請觀音吧。李師傅心裡有數，不置可否。相對基金！社會上做任何事，至少要提出相對基金。這是他常跟徒弟們說的話。沒有人可以總是受人好處，受人供養，師傅也不可以。久了，雙方的恩情，都會被金錢磨損掉。一飯是恩，十飯是仇！知道這句話，有六十年了。體會這句話，怕…怕也有三十年了。李師傅心裡輕輕的唸著。

下午四點鐘，福貴打電話來。

「師爺。我來接你。」

「還早嘛。你五…五點半來就好了。」

「我還是現在來。想跟師爺聊天。」

福貴開車，很快就到了新店山裡。李師傅在院子裡晃盪，順手捉了一隻玫瑰花上的蚱蜢。他給福貴開了門，手裡的蚱蜢掙扎一下。

「師…師爺好。」

福貴看看蚱蜢。

「師爺。捉蚱蜢玩啊。」

「欸。沒有事。隨便玩玩。」李師傅把蚱蜢放掉。

進了屋子。福貴看看手錶，又看看牆上的鐘。

「還早。」

「還早。」

福貴很景仰師爺。但是，見面又說不出什麼話。

「師爺。要不要我練…練一練？」

「今天不練。等一會兒。我們出去吃飯。飯前飯後，不…不練功。」李師傅親切的講。

唉。這個福貴！他的年紀和其他師兄弟差很多。加上近來腰腿不如以前。寧可多講，不願意多帶動作。所以，讓世雄教他。這樣也好，這個師徒關係有了第三代。只是呢？這個孩子感情重。拳法練得如何，還看不出來。怎麼淨學我說話呢？我可是先天有結巴的毛…毛病。他這樣年輕，如此說話，在社會上是個缺…缺點。別人學我，是笑話我。他學我，是想跟我一樣，是重視我。但是一條，能說他嗎？說破了，傷他的心。不說？這個事情，真是很…很為難。

「你還記得我說用…用蚱蜢練功的事情嗎？」

福貴移動的一下，拿出筆記本。

五點半。李師傅坐上福貴的車子。

「開慢一點，我們不趕時間。」

車子停在忠孝東路上。福貴很快的下車，繞過車後，跑過來給他師爺開門。

「可以了。可以了。」

李師傅打開門，自己出來。讓福貴給他把車門關上。

「師爺。我跟你一起上去。」

「好。」李師傅不再拒絕。

進了門，上了樓。那是一家比較老式的西餐館。

「老…老位子。」

服務員把他們帶到一個角落。

「師爺。我去停車。」

「快去！不要被…被拖走。」

李師傅抬頭環顧四周。還是差不多。老式一點好；老東西讓人覺得安靜。一個中年以上的女領班過來。

「大哥。好久沒來了。」

「啊。好久了。別來無恙？」

「啊！別來！就是不要來的意思嗎？」

兩個人笑得開心。其實，也沒有那麼熟。人過中年以後，就是這樣。男人女人之間，慢慢把那種生物問題看淡了。隨便一點，也自在一點。忽然，明華的影子閃了一下。福貴進來，服務生又送上一杯冰水。

六點，國威和世雄到。國威還帶了他的女朋友，小莉。

「這裡的牛排好！我吃…吃了二十年。」

服務生過來。

「我們要五…五份菲力。敢吃生麼？」

大家都點頭；小莉有為難的樣子。

「四份半熟。一份七分熟。」

李師傅喝了一口水。

「這家店老了。最早是個日本廚子。日本受俄國影響大，他們的所謂歐式食物，還不…不壞。糕點也是如此。你們吃吃看，和美式的不…不同。」

「師傅。火車站附近有個明星西餐廳。聽說也是俄國廚師。」

「對…對。現在都改變了。不過…手藝應該有傳承。」

李師傅又喝了一口水。

「明星我少去。那裡是…文人雅集。跟我們…味兒…味兒不對！」

來了一個新的服務生。年紀輕，看起來心情不大好。他把手裡的盤子重重放下，幾乎是扔在桌上。扔了五次。世雄算是大師兄，準備翻臉。李師傅推推他，看看櫃檯；那個相熟的女領班不在。

「太過分了嘛。什麼態度啊。」世雄說。

「不…不要翻臉。公共場合，要有風度。」
師傅講話了。世雄做了幾年生意，轉得算是快。對於還沒吃飯就冷場的事，有經驗。

「好啦。不跟他計較。英文說 play hard？see you how hard？中文說，要玩粗的？看你有多粗？」

「師兄。你是說手臂粗嗎？還是說什麼粗？」國威嘿嘿的笑著。大家笑開了。小莉踢了國威一腳。一個局面就這樣化解。

「你的英文還…還不錯！世法也…也不錯！」李師傅笑著說。

牛排也不錯！菲力不大，但是很厚。總有一般的兩倍厚。

「師傅。好吃！我知道信義路有一家，賣生魚片。也是又大又厚！」

「生魚片，要一口吃！太大塊吃不進去。就不知…所以然了。」
李師傅切了一塊牛肉，放進嘴裡。

「和中餐不一樣啊。生的東西，有一種野性。東、西洋都吃生，所…所以老是打…打咱們。」

「師傅。我們多吃點，以後打他們！」

「嗯嗯。打他們何常容易？自己人都搞不定。在中國社…社會，你有野性？試…試試看？」李師傅胃口好，又叉起一塊牛肉，用力咀嚼起來。

喝完了咖啡。國威和世雄搶著去付帳。

「不可以！我說了不可以就…就是不可以！」

李師傅說著，掏出長型的皮夾，對大家笑了笑。

「我…我演個式子…給你們看看！」

他把那個心情不好的服務生叫來。

「來！要結帳。好吃！一客四百，可是台北最…最貴的了。價錢也好！」

服務生不答腔。師傅數了兩千元，放在桌上；服務生伸手要拿。師傅「啪」一聲打在他手上！

「不…不急。還有你的小…小費。」李師傅笑容可掬。

「一…二…三…四…賞四百！有…有空你也坐坐我…我這個位子，來一份…嚐嚐？」師傅又數了四百元，「唰」的甩在桌上。嘴角弧度，又上揚一些。

服務生的表情，像是一盤綜合沙拉，酸甜苦辣，什麼都有。讓人有不忍的感覺。服務生離開。師傅說：

「好…好了。咱們跟他交上朋友了。以後大家可以帶客戶、朋友來這裡。保證服務好。這裡是咱…咱們的店了。」

福貴送師爺。國威和小莉看著他們的車子離開。小莉低頭，抬著眼睛看國威。

「喂。你給我說清楚。你師傅是不是流氓？」

「當然不是。」國威笑笑。

「那我為什麼有這種感覺？女人感覺最敏感！」小莉眨著眼睛，

很嚴肅的說。

青演先生批：

佛教不錯，讓人心裡安靜。可是總安靜著也不好，不是說靜極思動麼。佛教的問題是：有世出法，而沒有世間法，不知道如何應世。總不能整天窩在佛堂裡面，不敢出去罷。可是，佛堂外面是很可怕的。以前有個老和尚，跟小和尚說：別出去，外面有老虎。什麼？老虎是女人？呵呵。老虎是女人，老虎也不是女人。女人只是老虎的一個相，老虎可有千相萬相。佛也是老虎？自己也是老虎？看起來，說這個話的人，快要得道了。

第二章【9】生病

頭疼。胃也不舒服。應該是昨天晚上受涼。李師傅想喝點熱水。打開暖水瓶，裡面有少許的涼水，在玻璃瓶底晃盪。李師傅到廚房，在爐子上坐了一壺水。胃不舒服的厲害，有東西翻攪。不對勁！還是躺下？可是，爐子上的水呢？躺下去要是睡著了，很…很危險。那麼，還是在廚房裡等吧。桌子上還有剩飯剩菜。算了，沒有胃口，晚飯就免了。這壺水，燒了總有十來分鐘。李師傅手按著肚子，在廚房裡，看著壺嘴漸漸冒出白霧。

倒了一杯熱水。李師傅走回客廳。電視還開著，沒有聲音。看沒有聲音的電視，是李師傅的一個心得。既能讓屋子裡有點動靜，又可以避免聲音的吵耳。年紀大了，怎麼這麼怕…怕吵呢？看看電視上閃動著的人影，李師傅關了電視，走進臥房。他坐在床上，開始喝他的熱水。熱水很燙，李師傅用左右手輪流去拿杯子。不行！還…還是燙！李師傅把杯子放在小几上，用手轉動著杯沿。想當年在日本，朋友帶著去看茶道。沒錯。那種茶真不是喝的，是看的。只見一個小女人跪著跟大家行禮。然後，把杯子左擦右擦，左轉右轉。那種喝茶方法，不是整…整人是什麼？也許是磨耐性吧。那時候，淑芳在麼？不願意想淑芳。想了難過。可是，也沒有辦法。難過就難過吧。不難過，長夜漫漫，又…又做什麼事情呢？李師傅拿起杯子，喝了一小口水。

青演先生批：

生命是殘酷的，這個話又是誰說的？不準確麼。生命裡，明明有很多美好的事情。當然，也不能反過來說生命美好，那就，太不食人間煙火了。生命應該是無感的。有感的，是情緒，是身體，而不是生命本身。這樣說起來，生命與靈魂類似嘍。這樣說會不會太唯心了？還是唯物些好，唯物不容易受傷。

第三章【10】小書生

七點多，吃過晚飯。禮夏騎著本田小機車，去李師傅家。過了新店的碧潭大橋，路上立刻冷清起來。昏暗的燈光，不能把旁邊的巷弄照清楚。巷口有加油站，只是，哪一個巷子呢？來回折了幾趟，禮夏騎進一個比較小的巷子，轉了一個彎，看見白色的牆。上面有「禮義廉恥」幾個大字。經過這面牆，進了一個村子。村裡很安靜，好像沒有小孩。偶爾看見人影閃過，也都是年紀大的。穿著都還得體，不是隨便的人。

停車，把機車架起來，到了門口。聽見裡面有聲音。禮夏遲疑了，李師傅家裡有客？剛才打電話，他怎麼沒有說？當然，他也不必說。上次見面就兩個人，講話好親切，感覺好溫馨。現在有其他人在，會是怎麼樣的場面呢？

按電鈴，有人來開門。門一開，眼前就被巨大的影子堵住。

「嗨！你是禮夏嗎？歡迎歡迎。」

那個巨大的影子，嚇了禮夏一跳。影子很熱情，也很和氣。跟著那個影子跨過庭院，禮夏看見屋裡的燈光，裡面有好幾個人。他重重吸了一口氣。應該找沒人的時候來，這些都是什麼人呢？門廊的柱子上，掛著一個木牌，上面寫著「流星會館」四個字。什麼意思呢？禮夏沒有時間多想，心裡有點發慌。

李師傅看起來，和上次見面時候一樣親切。抽著菸。

「坐。找個位子坐。」

禮夏對李師傅鞠躬。

「李師傅好。」

「不拘束。都…都是自己人。」李師傅沒有特別介紹禮夏。

禮夏看看大家，臉有一點發熱；我哪裡有拘束？他向那張大沙發走去，旁邊的人立刻挪了挪，大聲的拍沙發。

「這裡坐！不客氣！」

禮夏彆扭。那麼大聲拍沙發幹什麼？好像叫小孩。那麼大聲講話幹什麼？大家都是客人，幹什麼叫我別客氣？

「你好。謝謝。」禮夏向那個人鞠躬。

那個人看看李師傅，很世故的哈哈笑起來。

李師傅談笑風生，講古道今。禮夏偷偷看四周。那些人，跟自己年齡差不多；可能大一點吧。他看到剛才開門的那個人，那個人也在看他笑。禮夏趕忙回以笑容，跟他輕輕的點頭。禮夏感到輕鬆一點。不過，大家一起聽講，李師傅好像並沒有特別重視我。

兩個月以前，禮夏剛考進研究所；研究藝術。這種研究所在歐美已經近百年，沒有大學部，只有碩士和博士。反正，很酷的研究所。一般人不會念這種研究所，也不知道念出來可以做什麼。所以，它就酷了。女生尤其喜歡這個調調。大學時候，禮夏唸中文。很多人都說，禮夏像瓊瑤小說裡的人物。現在念藝術，更像了。

但是，禮夏知道，他並不是那麼文氣。從小，溫文的外表下，就有激烈的東西在啃他。那是一種…有點異乎常人的衝動。那種衝動，和他的外貌很不相稱。有時候，它幻化成愛情；有時候，它幻化成暴力；有時候，它幻化成深沉的悲哀。不過，禮夏很幸運，對於過強的生命力，他有一個出口；十二歲開始，他就練習各種武術。透過身體的精疲力竭，讓靈魂有片刻的休息。

一個星期前，禮夏和朋友去看武術比賽。也是機緣，隔壁坐了一個老人。瘦高，灰髮梳得整齊，精神奕奕。

「不行。那個紅…紅的不行。精氣神不夠！」老人自言自語。

「您也喜歡武術啊？」禮夏試著跟他講話。

老人回過頭，很客氣的眼神。

「年輕…時候，也喜歡玩玩。」

擂台上，拳來腳往，拳腳擊在身上砰砰的響。

「外行看熱鬧，內行看門道。」老人繼續講。

「看來您是個練家子。」禮夏說。

台上藍褲子一個飛踢，博得滿堂喝采。老人嗯了一聲，似乎毫無興趣。

「要是我的徒弟跟他們交…交手。他們過不了三招。」老人說。

「您是練什麼的？」禮夏興趣很大。

「這些選手，不行！沒…沒有功力！你知道阿里一拳四…四百磅？」老人答非所問。

禮夏受到了吸引。練習傳統武術的人，很少願意談其他的武術，其他的武術家。

「我要走了。難…難看。」老人站起來，對禮夏搖搖手。

「我從小就練武術，我已經練了十幾年了。我可不可以跟您談談？我對武術很有興趣！」禮夏的聲音有點急切，眼神也有點急切。老人看看禮夏，從口袋拿出一張名片。

「大家叫我李師傅。有興趣，歡迎來談談。我家巷…巷口有個加油站。」

「我叫禮夏。」

李師傅講到了什麼事情，禮夏沒有注意聽。兩三個人站起來。

「禮夏。這…這些都是你的師兄弟。」

那個大影子走過來，禮夏也站起來。

「喔。你也很高喔。好－！就是瘦一點。以後要好好操。」

「世雄。把袖…袖子挽起來。給他看看你的手臂。」

世雄挽起袖子，把手臂彎曲，橫在禮夏的鼻子前面。

「十…十五吋！」李師傅吸了一口菸，瞇著眼睛講。

「你知道有個菲律賓歌唱的，華…華怡保！有名－！她的腰才十八吋！你這個師兄的手臂，就有十五吋！」

世雄放下手，得意的笑一笑。禮夏也跟著笑，心裡不大是滋味。禮夏從小練武術，十六歲就做學校社團的武術教練。他對於武術愛好的不得了，學了好多種拳術。但是，看見這樣粗的手臂，好像以前學的，都是兒戲。

「禮夏也練過拳，底子很好！就…就是不大練功。你的手臂，必須快速…加粗！以你的身高，至少要十四吋！你…你有多高？」

「一百八十四。」禮夏挺起腰回答。

「師傅。請你看看我的這個動作。」

國威走過來，打斷禮夏的話。做了個左右圈手，雙手向後一帶，一扣。右腳「啪」的踩出。

「好！不…不要動。撐住！」李師傅大喝一聲。

國威支持了大概十幾秒，開始擠眉弄眼，笑了出來。

「怎…怎麼？撐不住了。那就是馬…馬步不夠紮實。」

「這一腳踩出。四十五度，踢他的迎門骨！六十度，踢他的膝蓋骨！九十度，轉成撩陰腿！」國威笑著跟禮夏講。「啪」！又踢出九十度的一腳。

「哈哈哈。拆他的祠堂了。」

「不…不必多講這些！練拳不練功，到老一場空！練拳不溜腿，終是冒…冒失鬼兒！你的馬步要多練。」李師傅對國威說。

禮夏看看李師傅，覺得李師傅的話，總是能夠圍著大家講。誰也不多，誰也不少；大家還是徒弟，他還是師傅。講話也是武術的一部分嗎？禮夏很想問這個問題。不過，這個地方和學校不大一樣。好像…大家都很靈活。好像…大家隨時學，隨時用。自己的讀書和學習方式，跟他們不同。還是下次單獨問吧。世雄拿起一把日本木劍，「唰唰」的做動作。

「好！十字劈！快！再快！」

禮夏看了看自己的手臂，走到牆角，拿起一個十四磅的啞鈴。

青演先生批：

緣份是很奇怪的事。有人喜歡說因果，可是，人又不是化學變化，哪裡有那麼嚴格的因果。有因沒有果，有果沒有因；隨便種因，隨便結果；都是社會上很普遍的事情啊。因果的關係太硬了，還是講緣份好，講因緣際會好。各種奇怪的事情，在時空中遊蕩。就是那麼巧，遇到一起了。遇到一起，可能立馬又分開了，可能長時間結合在一起，可能永遠結合在一起。可能…

第三章【11】講科學

人不一樣！有的人特別不容易忘記。也許，這就是個人的魅力吧。禮夏去了師傅家一次，回來很勤力的練拳。他本來就練得不錯，有好幾種門派的底子。但是像師傅那裡，這樣強調練功的，很少見。練拳是禮夏找師傅的目的，當然要好好練。可是，禮夏發現師傅對他有一種特別的吸引力。那種吸引力，和練拳好像無關。是什麼東西呢？說不大清楚。應該是…好奇心。對了！好奇心。師傅令禮夏非常好奇，非常想知道師傅是什麼人，非常想了解他。好奇心是最大的吸引力，所有的科學探索，都出於人對自然的好奇心；所有的文化探索，都出於人對自身的好奇心。好奇心，是一切成就的根本。只是，禮夏還年輕，他不知道這件事。

禮夏對太太美麗說，他要去師傅家。美麗說，她也要跟著去；禮夏的好奇心，似乎在小夫妻間發了酵。禮夏給師傅打了個電話，說要過來。李師傅說沒問題，他都有時間。這邊放下電話，禮夏和美麗跨著小本田，慢慢往新店山裡騎去。那邊放下電話，李師傅推開紗門出去，在牆角翻撿東西。

禮夏很懂規矩。進了屋，先向美麗介紹師傅。這樣，美麗才能問好。

「師傅好。」美麗很討人喜歡。

「師傅。這是我太太。美麗。」

「好。氣質跟你很接近。你們一定是…好夫妻。長得也像！夫妻臉。漂亮！」

「她是唸歷史的。」

「歷史好。長…智慧的學問。」

美麗笑笑。老人很少反應這樣快，這樣令人愉快

「師傅。我們帶了一點水果。」

「妳願不願意幫我們…沖沖水？大家一起吃。」

美麗把水果拿進廚房。一看，那就是個沒有女主人的廚房。很乾淨，但是除了該有的器具，幾乎沒有什麼食物。

禮夏坐進沙發裡，又往前移了移。

「師傅。門外柱子上掛的牌子，是什麼意思啊？流星會館？」

李師傅哈哈的笑著。

「一點意思也…也沒有！那是你國威師兄弄的。他喜好粗獷，愛…愛這個調調。」

「會館不是以前各省的人外出，在別省的聚會處嗎？」

「對！對！你知道的多。你國威師兄說，大家在一起有…有緣分。像是外出流浪的人，有個聚會的地點。他非要叫這裡是會館，說是心裡舒服，有歸屬感。其實，會館有固定的意思。你剛才說…說的對！」

禮夏有點不好意思。沒有要計較的意思啊。趕快說說別的吧。

「師傅。那流星又怎麼說呢？」

「也…也你師兄的意思。他說社會上聚散無常，人人都像流星一

樣。我們這裡，是…是個流星的聚會。」

「啊！國威師兄看起來凶悍，還滿浪漫的啊。」

說完，禮夏又覺得說錯話。

「上次見面，他看起來…很粗獷。」

「他就是那個樣子，不…不要介意。不過，我讓他們掛…掛個牌字好玩，因為我真的有一個流星石！」

「師傅有個流星？」

「嗯。就是隕…隕鐵啊。我下次找出來，給你看。」

說到隕鐵，禮夏想到了他的啞鈴。

「師傅。上次說到手臂加粗的問題；我回去已經買了啞鈴，專門練手臂這部分。」

「好。但是要適度。不要造成任何筋骨傷害。欲速則不…不達！」

「知道了。」

「還有，我給你找了件東西。你拿回去練…練習。」

李師傅從椅子旁邊，拿出一個小棒子。

「你看。這叫做絞棒。裡面是一把筷子。外面是一截腳…腳踏車內胎，兩端用鐵絲捆住。兩手握…握緊，用力來回絞。對於指、掌、腕和…前臂都有幫助！你拿回去！」

「謝謝師傅。」

美麗回來了，手上端著一盤水果，有葡萄、香瓜和兩支香蕉。香瓜削了皮，切成好幾瓣。香蕉也撥了皮，切成好幾段。

「台灣水果…真好。美麗切的也…也好。」

李師傅看著水果，有很羨慕的樣子。男人沒有女人在旁邊，某些地方，看似高人一等；某些地方，顯然矮人一截。

「呵呵。你來我這裡，原來是…隨便聊聊。結果看見有師兄弟練…練拳，你也要跟著練。」

「師傅。你這裡的練法好特別。我沒有在別的地方看過。」

李師傅笑了。伸手拿了一顆葡萄。

「也沒有什麼。老…老派一點罷了。」

他又拿了一顆葡萄。

「師傅。我們這裡練拳，最大的特色是什麼呢？」

「單操！唯有單操…二字！」李師傅快速的接著講。

禮夏有點一頭霧水。

「師傅。哪兩個字啊。」

李師傅把字怎麼寫，講清楚。禮夏戳戳美麗，美麗翻皮包，找出個小本子。

李師傅拿出菸。美麗輕輕的皺了一下眉頭。李師傅感覺到了，把菸悄悄的放回口袋。

「單操是一切！就是一個動作，反覆的做。作上百回…千回。如此而已。」

「師傅。是不是像打籃球的基本動作？」美麗問。

「對！就是基本動作！基本動作的純熟…才是技術。我們這裡，強調技術和功力。技術棒，膀子粗，自然就會打！」

美麗點點頭，把小本子和鉛筆拿給禮夏。禮夏沒有寫什麼。

「可是，技術和功力，就是一切了嗎？這樣，武術不是成了科學嗎？」

師傅伸手去拿水果，空著手回來。臉上有驚奇的表情。

「武術當然…是科學。是精緻而實際的科學。」

「可是中國武術…」

禮夏皺著眉頭講。

「不要受人迷惑。武術的本質，除了科…科學之外，無他！」
李師傅站起來，走了一回，雙手反插著腰。

「記起來。武術只是物理學、化學、心理學。這叫做武術的三…三學！」
禮夏呆呆的看著師傅。

「任何動作，不離物理學。特別是力學…槓桿原理。」

「槓桿原理？」

「當…當然。我們的四肢，都是由關節形成的槓桿。所以，一出手，就要發揮槓桿的最大功效。同時，還要想辦法，控…控制對手的槓桿。讓他不能…出力！」

「喔。」禮夏沒聽過這樣解釋武術。

「同時。打架要靠氣勢。你以為那一鼓作氣的…氣勢是啥？只是腎上腺…賀爾蒙那些東西罷了。化學變化！懂了嗎？」

「人體的化學變化也能練嗎？」
李師傅笑了。他把驚奇收斂起來，慢慢的坐回椅子上。

「這個問題大！當然是可以的。練氣…就要讓氣能夠隨心所欲的變化。…要平靜，要暴烈…千變萬化！」

「可是師傅，大家都說練氣是修身養性…」
李師傅搖搖手。

「慢…慢慢來吧。很多事情都慢慢來吧。吃點水果。我們再…再講。你回去，可以把《莊子》裡面，壺子和巫…巫咸的故事找出來看看。」

禮夏和美麗，眼睛直直的看著師傅。李師傅正把一段香蕉，丟進嘴裡。

「至於說心理學嘛，那是武術的高段表現。是一種謀略的運用。

它的應用很廣，除了武術，更和兵法掛…掛上鉤。」
禮夏舉起手。李師傅知道他要說什麼。

「你…你是不是要說，心理學是藝術啊？呵呵呵。心理學是科學，心理學不是藝術。你要是把心…心理學當藝術，那…那是巫師的講法，不是武士的講法。」
李師傅笑得額頭起皺紋。

「有人把藝術當成一個幌…幌子掛在嘴邊。那種人不是傻…傻子！就是騙子！不是自己非常的…迷惑。就是想要把事情神…神秘化。因為，凡是神秘的東西，都是不可言傳，不可學習的東西。呵呵。對於不可教，不可學的東西，我們不必浪費時間。」
禮夏開始記筆記。美麗的眼睛，睜得很大。

回家的路上，美麗坐在機車後座，沒有說話。

「你在想什麼？」禮夏問。

「沒什麼。頭腦有點不清。」

「我也是。不清楚。每次問師傅一件事，他都講了好多事。自己的問題不見了，進到他一個龐大的思想體系裡面去了。」

「嗯。我覺得進到一個大花園裡面了，到處都是花，不知道看什麼好。」美麗說。

「也很像…把教堂的大鐵門打開一個縫，伸頭進去，有點害怕。」美麗又說。

「不要害怕，我在。」禮夏說。
美麗把禮夏抱緊了一點。

青演先生批：

人與人之間的關係，很是奇妙。有時候，有心要對別人好，別人不領情。有時候，沒有特別的意思，別人感激的不得了。古人說「易子而教」，父子關係，就是最微妙的人際關係。古人怎麼那麼聰明呢？他們怎麼什麼都懂呢？他們不是愚鈍而沒有知識的麼？他們怎麼知道，父子與師徒之間，有不同的化學變化呢？

第三章【12】火龍果

「流星會館」是個奇特的地方。李師傅，應該就是個…在家教拳的老拳師，但是，他不像一個武師。像什麼呢？說不出來。會館的氣氛透著奇特，好像一個舊式的塾館，只是，那裡也教拳。禮夏對於師傅有很大的好感，他覺得，師傅跟他的關係，介於師徒和父子之間。雖然，這對「父子」，只見過三次面。

四叔從彰化上來，帶了一袋子火龍果。那個年代，火龍果不普遍。在70年代的台北，算是罕有。禮夏問母親，可不可以帶兩個給師傅。母親說，可以。

「你去你師傅那裡，也太勤快了吧？」

「師傅很特別。」

「還不就是練拳嗎？你從小找了不少師傅。」母親說。

「不一樣。很多師傅都是粗人一個。他不一樣。他可以把事情講得很清楚。比我學校的教授講得還好。」

「那就是頭腦好了。」母親說。

「嗯。師兄弟說，以前的師母說他是金頭腦，什麼事情，他一說就明白。什麼事情，他一碰就成功。」

「那就太神奇了。神仙了嘛。」

「媽－。真的－。不信你問美麗。她也去過師傅家。」
母親轉身看美麗。

「真的那麼神奇啊。」
美麗停了一下。

「很聰明的人。至少不會害禮夏。」

「我們家有我們家的規矩。那個師傅，聽你們說起來，什麼流星啊！什麼會館啊！好像很江湖。不要受他太大的影響了。他跟你收錢嗎？」

「媽！不收錢！你怎麼對師傅那麼多意見啊。我跟他學很多，我就是要跟他學！走了。去會館了！」
禮夏跑到院子裡去推機車，門「砰」的一聲關上。禮夏的父親，在窗子旁邊修剪蘭花。他推了推鼻子上的眼鏡，沒有說話。

「你看。脾氣大吧。還沒說他呢。」母親說。

「不要理他。他就是這樣。要做的事情，誰也攔不住。」美麗說。

「那個師傅沒有太太啊？怎麼說以前的師母呢？」

「應該是去世了。有好幾年了。」

「喔。那一個人住，也不容易。」母親說。

「不過，那個師傅是不大一樣。他雜事知道得很多，而且總是高高興興的，身體也好。」

「七十多歲。是不是七十多歲啊？還能高高興興是不簡單。美麗。你把冰箱的豆芽菜拿來。我們撿一撿。」

美麗去拿豆芽菜。母親看著這個媳婦。媳婦不錯，就是太瘦了點。

青演先生批：

以前有句話，叫作「師徒如父子」。那句話是個形容辭，不能認真推敲的。父子之間的關係，多半馬馬虎虎，不能跟師徒相比。父子麼也不是沒有感情，或者感情還特別深，但是…就是說不出的彆扭。住在一起麼？可能是的。生物學家説的荷爾蒙作用。兩個成熟的雄性動物，擠在一個小空間裡，是有很多不愉快的。生物學好，生物學比倫理學好。讓人快速的弄清楚事情，並且，沒有什麼強迫人的地方。

第三章【13】白煙升起

禮夏到師傅家，把火龍果拿出來。李師傅對這種水果很感興趣。

「這叫火龍果？樣…樣子特別！名兒也…也好聽。」

「台灣很少，聽說原產地是越南。」

李師傅仔細的看著果子。

「我…我看不像！…你看。它的樣子接近仙人掌。可能原產地是中南美洲。」

禮夏拿起一個，也仔細的看著。

「現在我們都說…呂宋菸，其實菸草也是從中…中南美洲傳來的。」

「這個東西奇妙。古人沒有畫…畫過。古人畫瓜是有…有的。」

師傅好像無所不知。禮夏拿出本子，把火龍果的樣子畫下來。旁邊寫著，「原產地中南美洲」。他不會畫菸草。只好在火龍果旁邊打了一個括弧，寫上「菸草原產地中南美洲」。禮夏再拿起火龍果。

「師傅。要不要切開吃。」

「現在不要。這個東西稀奇。把它冰一冰吧。」

「師傅。要不要我放到冰箱去？」

「嗯…好吧。冰箱在廚房。你會走吧？」李師傅想了一下。

禮夏回來。看見師傅在抽菸

「師傅。抽菸不好吧？」

「是…是不好！絕對的沒有好處。但是，幾十年了。身體已經習慣了尼古丁。沒有…總覺得少…少了什麼。問題不大！你說我又還能活…活幾年？」李師傅笑了。

禮夏不知道說什麼好。他總覺得聽老人說到死亡，要表示出難過的樣子。他嚴肅的點點頭，打開筆記本。

「師傅。我學武術十多年了。我想請問關於武術的真正意思。」

李師傅側身去拿菸灰缸。禮夏站起來，替他拿過來。

「中國人。說。止戈為武。」李師傅一個字一個字講。

「有道理。但是陳…陳義過高。一般人難以體會。我們還是把它講簡單一點。」

禮夏把原子筆的筆套打開，套到另外一端。

「你看過鸚鵡吧？鸚鵡要打架，會把冠…冠羽豎起，頭部可以大…大上一倍。對手一看，好傢伙！不打了。不打了。那就叫做止戈為武。那是武術的最高境界。」

「師傅。您說鸚鵡的事，是不是像日本武士的墊肩啊。」

「對！」李師傅把身子靠近禮夏。

「就像是日本武士的墊肩！你看那日本時…時代劇就明白。日本人其實身材矮小，都是說小日本嘛。抗戰時，遇見多啦。那個個頭兒，多是一五幾的！戰後！他們致力於人種改良！…呵呵。我在日本一段時間。軍方派…派去的。我知道一點日本的事情。」

禮夏興奮的看著師傅。

「師傅您日文不錯吧？」

「嗯。英文也還可以。回頭說小日本。」李師傅沒有管他。

「日本武士的墊肩。就是那個大…大背心啊。它的肩膀裡有支撐。兩邊一撐開，個頭兒就…就顯大！自然界有一種定律。個頭兒小的，不攻擊個頭兒大的。你說，對方那麼大，看了就害怕，是不是心理上就輸了半截？」

禮夏抿著嘴想。

「那麼，西裝有墊肩是不是也是如此？」

「是的！至少它在很久以前的原…原始設計上，是這樣。你要知道，西裝的源頭是軍裝啊。不信。你把西裝領子翻…翻過來，把前面領子合起來。你看是不是軍…軍裝？」

「啊！」禮夏在筆記本上寫下來。

「所以。」禮夏謹慎的用詞遣字。

「武術的最高境界，是在打鬥之前，展示自己的力量，而使得打鬥不要發生。」

李師傅擊掌。

「好－。說得好。多讀書，是管…管用！」李師傅笑得很開心。

「那麼。美國的第七艦隊到處跑？…」

「一樣！」

「美俄發展原子彈，但是又不敢發射？…」

「一…一樣！日本武聖宮本武藏！在其著作《五輪書》中，講…講得明白：戰鬥，於二人眼神接觸，而未拔劍之時，便已結束！記…記下了。」

「師傅。您懂得真多。我母親還怕我受您影響太大。…」

李師傅把頭偏向窗外。

「不…不要怪她。天下父母心…很多事她擔心。以後她…她會明白。古人說，易子而教。有道理。」

「師傅。我學到很多。」禮夏眼睛有點紅。

師傅眼明。把話岔開。

「如切如磋，如琢如磨！想當年，孔老夫子和學生也是如此。是說子夏，還是子…子貢。你…你《論語》熟悉麼？」

「我現在學藝術…」

「不可以！今天你學中…中國的玩意兒！《論語》不熟，說不過去！」

「師傅。什麼時候，您替我講講《論語》？」

「那…那又不必。不過一條。你可記…記好了。讀《論語》不…不可看古人註解啊。那都是宋朝朱熹註…註的。八股得很。能把人的觀…觀念都扭曲了。」

天色暗了，還沒有點燈。除了師傅的白汗衫，屋內的東西，漸漸的輪廓模糊起來。師傅沒有要留禮夏吃飯，也沒有要他走。禮夏合上筆記本，站起來。

「師傅。我告辭了。但是，我還想問您一個問題。」

「問。」

「您去日本，考察什麼啊？」

師傅又拿起香菸和打火機。

「秘密的事，就讓它保持…秘…秘密吧。」

一股淡淡的白煙，在昏暗的屋子裡，冉冉升起。

青演先生批：

小朋友跟父母看電影，總要問好人壞人。誰是好人啊，誰是壞人啊。慢慢長大了，知道看電影要看個故事，好人壞人沒那麼重要。世界上有很多神祕的事情。弄清楚了，未必有好處。沒弄清楚，未必有壞處。清朝有個人，說了一句「難得糊塗」而留名。

為什麼那麼有名呢？不懂。那個話有點酸澀，好像很勉強似的。其實人生是個過程，如果弄明白了，走不下去了，何必呢。

第三章【14】過年

禮夏對於「流星會館」的看法，應該很正確。那裡是很像一個私塾，一個練拳的私塾。孔老夫子說過「自行束脩以上，吾未嘗無悔焉。」對這樣一個什麼都教的師傅，總是要繳學費的。禮夏私下問世雄和國威，他們都表示師傅不肯收錢。若是送他菸，他也不拒絕。這件事，禮夏覺得有困擾。抽菸不好啊！師傅年紀又大，送他菸抽，好嗎？禮夏把想法跟美麗說。美麗認為，送禮的確是很難的事情，她沒有經驗，也沒有意見。

快過年的時候，禮夏帶了兩條三五香菸給師傅。他把菸從紙袋裡拿出來，很正經的對師傅說：

「師傅。我送你兩條菸。但是吸菸不好，希望您能少抽。」
李師傅呵呵的笑。

「沒聽過人送禮物這…這樣講話的。你這樣說…顯示出真誠。好。我盡量少…少抽。」
李師傅把菸隨手放在桌上。拿起茶杯。

「師傅。我來這裡聊天，有一點時間了。您常常說本門如何如何，我們是什麼門啊？」

「少林…劈閃門。」師傅看著禮夏。

「哦。我沒有聽過。」

李師傅把杯子放下。

「少…少林你總知道吧？」

「嗯。」

李師傅去拿菸。

「萬宗歸少林。中國武術除了那原…原始的角觝之術外，說到源流，都是少林。」

李師傅好像很忍耐，把菸又放回桌上。

「中國武術，和佛教的淵源，特別是禪宗…很深。你看中國少林武術裡很多動作，都是佛教的手勢。手勢不懂啊？手勢就是…印，印度話叫 mudra。」李師傅說。

「那佛教傳到中國，再…再東傳日本韓國。武術也是一樣。東傳到日本，稱為那霸手！就是空手道的前身。傳到韓國，叫…叫做花郎道！就是現在的跆…跆拳。」

禮夏很有興趣。

「師傅。那柔道日本稱為國技。是不是最能代表他們自己的武術呢？」

李師傅還是忍不住，把一盒菸的透明紙撕開。

「也…也不是。柔道是明朝時候一個姓陳的傳去的。那個技巧，在中國稱為捕人術！是六扇門的功夫。」

「六扇門不…不是門派，是保安單位。也就是衙門…捕快。」

李師傅拿出一支菸。

「相撲，才是日本的傳統武術。可是，我以前在日…日本。參觀他們的…部屋，就是道館啊。他們的服裝、儀式等等。…我怎麼看都像印象中的…太平洋原住民。所以，相撲的來源，還…還要考究。」

「師傅。你去過夏威夷嗎？」禮夏問。

「沒有。我去過關島。」

李師傅把那支菸放回去，把菸盒扔回桌上。

「萬宗歸少林。沒有錯的。」

「師傅。我以前練過泰拳，跟泰國的僑生同學練的。」

「嗄？是嗎？」李師傅顯得很吃驚。

師傅又去拿菸。

「那個東西原…原始！管用！」

「都是機緣。我們初中時候，有幾個泰國僑生同學。」

「泰拳。以前我在越南的時…時候。歡喜看！」

李師傅把菸放在嘴裡，沒有點火。

「事情，都有個原委。」

「泰拳的流行，要…要靠越戰。大老美沒有事情做，就…就會找刺激。泰拳原來是賭博的拳。老美愛賭啊。當時老美有一句話：除了手槍，就是泰拳。可見泰拳的厲害。」

「師傅。你想抽菸就抽吧。」

「嗯。不…不抽。」李師傅說。

「那個泰拳狠毒…兇猛。不過它還…還有前身！」

「還有前身？」

「有－！那就是緬…緬拳。呵呵呵。那個拳不得了。手上纏麻，裡面裹上玻璃鐵釘！上去就雙手摟脖子，踩著對方大腿，像猴子一樣爬到人身上，用手…手肘砸頭頂！呵呵呵。沒見過啊？」

「嘩。嚇死人啊。」

「真是嚇死人。但是一條，他們那樣打法，血流…披面。卻不見痛苦。我認為上場以前，除了宗教儀式外，要給他們灌…灌點東西。否則不可能！」

「是毒品嗎？」

「這我不敢講。」

「師傅。以前義和團也是這樣弄。表面上念咒喝符水，其實咒上水裡都是硃砂，人喝了就迷糊了。」

「那些東西是讓人耐…耐疼。都是…裝神弄鬼，簡單的化…化學。我們看事情，要講科學。」

「師傅。您還沒講劈閃門的事呢。」

「劈閃門是少林的一支。劈閃就是打閃啊。打雷打閃嘛。」

「閃電。」

「對對！閃…電。本門強調動作快…快速如閃電！雷聲還沒有響呢，閃…閃電就把你擊倒！」

李師傅指指長櫃。

「裡面有毛筆、墨汁、硯台和一疊紙。你拿出來。我給你寫首詩。」

「師傅會做詩？」

「破…破詩。」

禮夏把東西拿出來，放在書桌上。

「咦。您寫字用棉紙啊？一般人都用宣紙。棉紙不是畫畫的嘛？」

「唉。我歡喜棉紙。筆道清爽俐落，較有…殺伐之氣！宣紙吸墨，拖拖拉拉，黏黏乎乎。不和我的胃…胃口。」

「您的講法好特別喔。」

李師傅隨便倒了點墨汁。在紙上輕快的寫了幾行字：

少林劈閃響名傳　拳打南山鐵塔磚

名師自有佳弟子　那個沒有三兩三

「送給你。收起來，回…回去看。」

禮夏還在看那幅字。

「先到院子去練練。你讓我抽…抽根菸。」

李師傅說。

青演先生批：

武力很基本，是掠食動物的重要謀生方式。人是掠食動物麼？人當然是掠食動物。雜食與掠食，並不衝突。對於雜食動物而言，掠食讓人上癮。一個動物擊倒另一個動物，不是簡單的食色問題；而是一種複雜的征服問題，是一種心理上的愉悅，或者狂喜。武力很基本，在掠食與被掠食的當下，武力決定命運。

第四章【15】遊說

十幾年了，學生們來來去去，人也不多。因為知道這個會館的人，根本不多。知道的人，覺得挖到了寶，也不肯輕易告訴別人。什麼心理呢？應該也很自然。至於師傅自己，更是對於收學生沒有任何期待。「鐵打的營盤，流水的兵！」李師傅喜歡跟學生講這句話。這個道理懂了，對於人生會看…看得開些。只要把營盤和兵的內容，在生活中置換一下就好了。在為數不多的師兄弟裡，禮夏始終沒見過祖安。

晚上十點，祖安拉下店門。有電話。是個叔叔輩的人，火旺。

「祖安。來跟你聊天。」火旺講。

「好。來泡茶。」

放下電話，祖安看看四周。生活不錯，朋友也多。桌子上有一組竹子的泡茶用具，不便宜。茶具有點變顏色，那是喝茶人重視的事情。表示喝茶有一段時間。

火旺到了，跟著的，還有兩個兄弟樣子的人。火旺是個老警察。

「祖安啦。你們叫安哥就好。我年紀大，叫他阿安。…不能叫阿祖，對吧？」火旺這樣介紹祖安。

大家笑得厲害，祖安也跟著笑。

「坐啦。喝茶。」

祖安去弄他的茶具。泡茶總是要花時間。桌子旁邊有個小電爐，上面有一壺水。

「阿安。近來生意好吧？」火旺問。

「還好。都是做鄰居生意。大環境好的話，某些時節，人都要買金子。」

「對。金子不能吃。要說投資呢，也難說。但是大家就是會買金子。」

「傳統啦。」祖安說。

「對啦。傳統啦。」火旺說。

電爐火力大，那一小壺水，已經開始有點聲音了。

「祖安了不起。有三家金店。」

火旺對那兩個人講。那兩個人，點點頭。祖安看著他的水。

「沒有啦。大家幫忙。」

「真的了不起。你們知道嗎？祖安大學畢業。電機系的呢。」

「啊！-」那兩個人發出羨慕的聲音。

「也是奇怪。你一個學電機的大學生，會回來顧金店？」火旺講。

爐子的聲音小了。水壺隱約的冒著氣。

「實在講。我會來接阿爸的店，是我師傅勸我的。」

火旺看看祖安的肌肉。回頭又看看那兩個人。

「有師傅的！喂。看到他的肌肉了嗎？好像牛肉一樣！去選健美，應該也會得獎。」

祖安笑了。

「沒有啦。師傅說，都是練身體啦。」
祖安伸手去提水壺，手臂上的筋肉明顯扭動著。

喝了幾輪茶，大家隨便的講著話。
「對了。阿安啊。我前幾天去找你阿爸聊天。說到你的事。」
「什麼事情？」
火旺動了動身子。
「我總覺得，你這樣開金店，會不會算是…大材小用了啊？」
祖安給大家又倒了一次茶。看看火旺，又看看那兩個人。
「我不覺得。」祖安喝了一口茶。
「當年我畢業，當完兵。軍隊想留我，說我有功夫，可以任教官，要不要轉職業的，發展也不錯。我說不必啦。經濟情況還好，不需要什麼固定薪水養家。」
「對啦。對啦。」火旺這個職業警察應著。
「回到民間以後，也想找個職業。那時候，我師傅跟我談話，想法才有改變。」
「說什麼？」火旺問。
祖安喝完那小杯茶，把杯子輕輕放在桌上。對大家笑笑。
「我師傅說，我如果找事，就是找和電機有關的。他問我，你十年後可以做到什麼？我說應該可以做到工程師。他問我，你二十年後可以做到什麼？我說應該可以做到總工程師。他又問我，總工程師可以賺多少錢？我說不知道，應該不錯。」
「嗯嗯！」火旺沒有摸到頭緒。
「我師傅說，你已經有的東西，為什麼要花二十年去拿？」
祖安把茶葉倒掉，去桌子底下拿茶罐。
「我師傅說，你們家弄金店已經幾代。也有錢，地方上也受人尊敬。人活一場，就是這兩項。我應該接下金店，安心做生意。」祖安說。

「他這樣講，我當然很掙扎。我說，我國立大學電機系畢業！要做金店，根本不必唸那麼多書。電機和金店有什麼關係？」

「嗯嗯。嗯－」火旺眼睛眯起來，好像聽出個所以然來。

「後來，我師傅跟我說《孫子兵法》上的虛實問題。」

那兩個人，眼睛看著桌子。談到書上的事情，離開他們很遙遠。

「師傅說，人生有的東西虛，有的東西實，要看清楚。如果我以大學生的本領開金店，就是以實擊虛。應該做得不錯。」祖安說。

「所以。就回來啦。…就是現在的樣子啦。每天作作生意，有時間就去健身房。我還是練身體比較愉快。也算是沒有出息的。」

「喔！你這個師傅不簡單哦。他做什麼的？」

「七十幾歲老師傅。以前做什麼，我也弄不大清楚。好像…做過很多事情。」

「那你阿爸呢？」

祖安笑了。

「我阿爸？他倒是很反對。後來，我還花時間開導他咧！」

大家都笑了。

「我是比較用心做。所以。生意也有擴大一點。」

「一家變三家！三家金店！」

火旺看著那兩個人講。

快十一點了。祖安有點睏，不過，得跟他們繼續周旋；火旺，還沒有說出來意。

「阿安。你生意做得不錯。幾代在附近，人脈也夠。」

火旺去拿他的茶杯。

「應該出來選一下。你懂嗎？」火旺看著祖安。

「原來是要講這件事情。」祖安看著火旺。

「是啦。我跟你講，大家一定支持你。出來以後，也可以服務社會，造福鄉里。」火旺講。

「你知道，選舉一要有錢，二要有人。三哦，就有一點學問啦，也是《孫子兵法》啦。那就是看你有的是什麼人？好像打仗一樣，要看你的人是什麼組合。你當兵一定知道。選舉這件事情喔，主要還是看能不能結合各種力量。有的時候，有的力量你看不見。有的時候，有的力量你接觸不到。」

「哇。懂這麼多啊。」祖安笑著講。

「沒知識要有常識。」那兩個的一個講。

「沒常識要有吃屎。」那兩個的一個講。

「好啦！幹！說什麼屁話啦！」

火旺大聲罵那兩個人。那兩個人很開心。一個打另一個的頭，另一個也打回去。

祖安把大家送出門。火旺很誠懇的看著祖安。

「你是一個人才。應該出來做點事情。」

「好啦。謝謝看得起。我想一想吧。」祖安講。

「對啦。想一想。這是對大家都好的事情。」火旺講。

青演先生批：

社會複雜啊。社會是一個大書本，不可能讀完，也不可能讀透。當然，社會像一本書，只是一個形容，一個譬喻。對於讀書人來講，一本書不可能讀不完，不可能讀不透。這就是認知上的落差，在這種落差中，可以看見讀書人的驕傲。驕傲是一件壞事，驕傲和無知幾乎等義。讀書人是無知的麼？這又是一個認知上的問題。

第四章【16】從政

信佛多年，嚴謹的修行生活，讓祖安活得很自在。努力工作，賺得的金錢部份改善生活，部分捐給窮苦的人。其餘的時間，打坐念經，修心；固定上健身房，修身。沒事去會館跟師傅聊聊，增加見聞，啟發觀念。日子就是這樣，平淡實在。

火旺和那兩個傢伙，把祖安的生活擾亂了，把祖安的心擾亂了。畢竟，他只有三十歲。那天，他給了人家二兩金子，收了一兩的錢。

禮夏在院子裡擺姿勢，師傅從窗口喊他。

「請你去開…開門，有人來。」

禮夏打開大門。沒看見什麼。一會兒，他看見一個人騎機車轉進巷子。那個人停好了車，對禮夏笑笑。禮夏也笑笑，禮夏不認識他。

進了屋子，那人向師傅問好。

「這是祖安，也…也是你的師兄弟。」師傅介紹。

那個人不高，但是非常壯碩。看起來像練健美的，不像練拳的。師傅似乎了解禮夏的想法。

「他不愛練拳，就愛練身體。也好。人各有志，方…方向不同。」

師傅看著祖安的胳膊，很滿意的瞇著眼睛。

「一個人如…如果練成這樣，技巧也就其次。要的就是經驗和膽…膽量。」

禮夏想聽聽膽量的事情。

「一膽，二力，三功夫。」師傅做了個誇張的劈掌手勢。

「功夫，也就是技巧啊，排…排第三。第二是力量。第一是膽！」

師傅把身體靠進椅背。

「這個膽是先天的。有人膽大，有人膽小。當然，膽子也可以鍛鍊！」

幾個人閒聊，大家還是喜歡聽師傅談武術。祖安有話想說，師傅看得出來。

「你生意忙，最近比較少來，有什麼特…別的事情嗎？」

祖安眼睛看著窗外，雙手的手指交叉著。

「也沒有什麼事情。只是，現在生意還可以，有人找我選議員。我很頭痛。」

師傅笑了。

「你是頭痛選不選？還是頭痛如…如何拒絕人家？」

祖安也笑了。

「都很頭痛。」

師傅拿出一根菸。點上，吸了一口，沒有說話。大家也都沒有說話。這種情況很少見。

「祖安，禮夏是我們的新師弟。都是自己人。」

師傅又吸了一口菸。

「政治這個玩意兒。可…可是沒輕沒重。完全講究現實利害。說穿了，都不是什麼了不起的人。只是要夠狠！要無情無義！」

「師傅。是不是一膽，二力，三功夫的那個膽？」禮夏問。

師傅皺眉，微笑，看著禮夏。

「不…不是。絕對不是。武術的膽是對…對付敵人。政治上的狠，是對付朋友；對敵人嘛，反而要寬…寬宏大量，顯出一副好人的樣…樣子。」

禮夏拿出小本子，但是沒有抄什麼。他聽不大懂，沒有辦法寫筆記。

「師傅。沒有聽懂。」

師傅把身子後仰，好像在回憶；又好像在思考如何回答這個問題。

「這樣講。武術家或者兵家，都知道敵人是誰。他們有膽也好，夠狠也好，都有個明確的目標。」

祖安抬起頭看師傅。

「政治人物不這樣。政治人物不知道誰是敵人…誰是朋友。所以，他不分敵友，沒有固定的目標，只有隨機的拉…和打！」

「拉和打？」祖安問。

「對！拉朋友打敵人！但是一條。聽好啊。所有的朋友和…敵人，都是臨時的排…排列組合！」

「沒有永遠的朋友，也沒有永遠的敵人。」祖安講。

「對！只要知道什麼時機拉，什麼時…時機打！」

「太可怕了！」禮夏說。

「可怕！」師傅說。

師傅又去拿菸。

「太多了。師傅。」祖安講。

「好。你們都關心我。尤其是祖…安。你別看他身壯如牛，他最重視養生。信佛…吃齋的！」

「真的嗎？」

禮夏非常驚奇的看祖安。

「師傅。人家跟我提這件事情。我是覺得不適合。」祖安講。

「就是這個問題！」師傅把身子往前探。

「各行各業嘛。問題是這個人怎麼配…配那個行。這就要…考究了。」

「是啊。我信佛很虔誠。很多政治的黑暗面我也都聽過。怕不習慣。」

「就是！隨便講，你…你吃齋，怎麼跟地方上夜夜笙歌，通…通宵達旦？」

師傅看祖安，又看禮夏。

「但是你要明白，人家來找你，是對你的評…評估！是對你的肯定。」

「我知道。也都是師傅教的。」

「對於那些地方人士，要好好的來往。你千萬不要認為人家是拖…拖你下水！」

「不會。我也知道人家是善意。我抱著感恩的心就好了。」

「很好。心情平靜身體好。你…你說還要求個什麼？」

禮夏在本子上抄了幾行字。

「師傅。為什麼政治人物敵友不分啊？」

「因為政治團體，黨中有派，派中有系！看似一夥，其實各懷鬼…鬼胎。」

「喔！師傅。那不同派系的人，可能和敵人聯合啊？」

「哈哈哈。他還沒有和敵人聯合…自己就搞…搞不定了。」

「好複雜。」禮夏說。

「也不複雜。不是說了嘛。就是拉…打二字麼？」

祖安臉上露出光亮。

「我想你已經有答案啦。就照著你想的去…做。」

「嗯。」祖安說。

「沒有什麼對錯。政治是個行業，古今中外都有。我們只問自己適不適合。」

「懂了。」

師傅又想去拿菸。

「不過。我可以這樣講。從事政治的人，是最沒有福氣的人。」

師傅看禮夏。

「福氣！懂嗎？現在的人都不…不講福氣。只講成功、事業、做個人上人。人上人啊！要騎在別人頭上才能做人…人上人啊。也不怕下面的人動一動。摔個四…四腳朝天！」

青演先生批：

選擇不容易。如果說，人生最難於選擇，也並不為過。選擇的背後，躲著一樣東西，那個東西叫作判斷。判斷容易麼？判斷是一切學習的目的。人可以讀書而學習，人可以入世而學習。但是不管如何學習，目的都是為了做出判斷。如果說，學習讓人變聰明，判斷就是那個聰明的精華。有時候，我們叫那一點精華為智慧。有智慧的人，會選擇智慧的路。因為，他們總能在人生的關鍵點上，做出正確判斷。

第四章【17】政治

祖安先離開了。師傅打開電視，看看新聞。禮夏回到院子裡，練他的拋拳。他左拋、右拋；仔細觀察拳的路徑，觀察拳的擊點。但是，他腦子裡還在想著祖安和師傅的談話。

高中時候，有個老師說，「禮夏什麼都好，就是問題太多」。還說，問題多很好，但是大人們不知道要怎麼回答。禮夏記得，那個老師還笑著搖頭，說「教育不是這樣的」，然後嘆了一口氣。教育是怎麼樣的呢？禮夏上了研究所，仍然沒有人跟他說清楚。不過，現在有了師傅。師傅最大的特點，就是問什麼，回答什麼。所有老師不敢講，不願意講，不能講的事。師傅都會講，而且娓娓道來，講得動聽。

師傅關了電視，禮夏跑進屋裡。

「你是不是又…有什麼問題？」師傅笑著說。

禮夏也笑笑。來往一段時間了，他知道師傅很靈光。你說一句，他知道三句。你不說，他大概也能摸個底。

「沒有啦。只是，我是學中文的，現在學藝術。對於很多社會上的事，接觸得少。所以，我想請師傅多談談政治。想多了解一點。」

師傅看著禮夏。

「政治重要！。但是，它是個可怕的東西。你不是學…學藝術麼？政治和藝術最為…相像！唯有…藝術不傷人，政治傷人。」

禮夏又去拿他的本子。師傅把左腿抬到右腿上。

「藝術，之所以能夠存有，是因為它和其他人共…共鳴。對不對？」

「對。」禮夏說。

說完了「對」，禮夏有點緊張。跟長輩講話，應該說「是」，不應該說「對」。「對」有肯定讚許的意思；是長輩對晚輩的用語。這個想法，也不過一閃而逝。因為，師傅說政治和藝術相像，太令人吃驚。禮夏盯著師傅，聽他怎麼解釋。

「政治，和藝術一樣。沒有人跟你共鳴，同意你的政見。你…你說他做什麼領袖？政治領袖，是人捧…捧出來的！」

說到共鳴，禮夏可以明白。但是藝術共鳴和政治共鳴…天啊！這種聯想，實在拋物線太大了！禮夏很興奮。師傅繼續。

「但是一條。藝術的共鳴是個人的，只在你自己的腦…腦子裡活動。讓你感動感動，思考思考。是你個人與藝術家間的…單純共鳴。」

師傅把翹著的腳放回地上。把腳和腿都並攏，雙手放在大腿上。像是一個聽話的小學生。慢慢的說：

「政治可不一樣！政治的共鳴是集體的，是與他人發生關係的。那種共鳴，會令你去投政治家一票，而把生殺大權交付予他！你還會為了政治家，去打破人家的頭！甚至發動戰爭，毀滅其他的人類！都…都是起源於你和政治家的共…共鳴。」

禮夏把筆記本放下。

「那不是失控的共鳴嗎？」

師傅拍拍手。

「好。失控兩個字…說…說得很好。很傳神。」

禮夏沒有抄筆記。他認為，他要把這些事情，直接印在腦子裡。

師傅笑著，去拿他的茶杯。

「我跟你說八個字，來解釋政治是…怎…怎麼回事。」

禮夏又拿起筆記本。

「損心酸足，徐行微笑。八個字！寫下來。」師傅大聲的講。

禮夏把那幾個字的寫法，問清楚了。

「什麼意思啊？」

師傅仰起頭，看天花板。

「話說從前，有個女的跳舞。跳得好啊。大家都圍著看，擠…擠做一團！有踩了人腳的，有掉了錢…錢包的，有打起來的。…大家為了看跳舞，把腳都站酸了，把心都…弄亂了。這就叫做損心酸足。懂嗎？」

「懂了。」

「好。結果。那個跳…跳舞的女人，四下一看！目的達到！便慢慢的笑著走了。那不就是…徐行微…微笑了嘛。」

禮夏哈哈大笑起來。他覺得有點放肆，用筆記本把臉遮起來。但是，還是笑得前俯後仰。

「哈哈哈。我沒有聽過這麼好笑的事。師傅。是你編的嗎？」

「不…不是。古人講的。」

「哈哈哈。笑死人。跳舞的女人無情無義，太狠了。」

「是笑死人。又好笑，又悲哀。這個故事是…好…好文學。文…文學可不簡單。你不是中文系的麼？」

禮夏合上筆記本。

「師傅。那政治人物不是都在演戲嗎？」

「當然。」

師傅喝了一口茶。

「婊子無情，戲子無義！無情無義的人，就是要靠人捧場吃飯的人。所以才要生張熟魏…沒個準兒。」

「你說婊…婊子演不演戲？」師傅問。

禮夏的臉有點熱，低頭寫他的筆記。

「婊子可會演戲了。不過她的…戲短，十分鐘一齣，戲…戲碼都一樣。」

禮夏還是不抬頭。師傅覺得有趣。

「政治人物，只是大家捧出來的角兒，讓他上台演…演一回。他隨時擔心還有…有沒有下一回。心態與婊子戲子一般，所以，必然無情無義！否則，祖師爺不賞飯。他就幹…幹不了這行。」師傅笑了。

禮夏抬頭看師傅，嘆了一口氣。

「人上一百，形形色色。我這樣講，讓你了解政治這個行兒。我可沒有說他們對…或者不對啊。」

禮夏看著師傅。

「行行出狀元。我們進入一行，只…只問適不適合，能不能發揮。如果人類不需…需要某種行業，它…它就不會存在。」

禮夏又低著頭想事。師傅擔心他還轉不出來。

「婊子戲子的行業可久了。娛樂事業嘛。未來，它還是有無窮無盡的發展。因為人…人類的需要。政治也是如此。」

「所以人類的行為和社會，必然包括很多壞的成分？」

「必然！」師傅握著茶杯，把手放在桌上。

「所謂壞的成分。西方說，必…必要之惡。說得很勉強，不好！中國早就說文質，早就講陰陽！文化成熟度，真是不一樣。讀書與生活的目的，就…就在了解這些事。如果不了解，還…還要長吁短嘆，就…就是書呆子。」

禮夏望望窗外，又開心起來。他只有二十六歲。他想，他應該不會變成書呆子。

「師傅。看來社會一團亂。我們還是有選擇權吧？」

「有！選擇即是人格的表現！記下來！我們有過我們生活的權利。只是不要對其他人的選…選擇大驚小怪。」

「師傅。是不是年輕人才大驚小怪，老年人就不會大驚小怪？」

「不是！跟年齡無關，跟經驗和…見解有關。」

「和知識有沒有關係？」

師傅喝完最後一口茶。

「跟經驗和見解…有關。」師傅說。

青演先生批：

想像是一種才華。想像不是空想，不是無中生有，不是胡思亂想。想像是把類似但是不相關的東西，想到一起，比擬到一起，譬喻到一起。想像不是藝術家的特長。想像，是所有成功人物的共同特色；因為想像的果實，叫作創造。哪行哪業不需要創造呢？想像是一種才華，想像是一種創造力。

第四章【18】攤販協會

祖安要出來的風聲，在左鄰右舍間傳開了。有時候，會有地方人士來坐坐。有時候，會有不相干的人，站在店門口，像走過的人問好。說「進來飲茶啊！」甚至敬上一支菸。這種事情，對生意都有了影響。祖安個性平和，但是也覺得不堪其擾。無中生有嘛！打鴨子上架嘛！怎麼可以這樣呢？有被操弄的被動的感覺！這個和平的大力士，心中有了不平。

李師傅要出去轉轉，祖安來電話。

「師傅。好吧？」

「好。好。」師傅說。

「師傅。我遇到了一點麻煩。」

「什…什麼事情？」師傅說。

「上次不是說，有人找我出來競選嗎？」

「嗯。」

「現在，他們常找我，非常頻繁！弄得我有點心神不寧。」

「你決定了沒有？你怎…怎麼做，我都…支持。」師傅說。

「我早決定了。我不想出來。上次師傅講得很對，沒有什麼對錯，要看適不適合。我信佛很多年，也有一些信佛的習氣…」

師傅打斷祖安。

「不…不是習氣，是福氣。一個人懂得過快樂日子，當…當然是福氣。」

「我跟師傅很多年。師傅告訴我錢的重要，朋友的重要，但是，政治這件事情…」

電話那邊，沉默了。

「祖安啊。千里為官…只…只為錢！你也算是個社會人士，我們打…打開天窗說亮話。政治，就是利用朋友去賺…賺錢。到最後，可能朋友與…金錢兩失。你要是覺得錢夠用…你記得我說過，不要浪費時間去取…取得已有的東西嗎？」

「我記得。我一直認為師傅的說法有佛法味道。」

「不管佛法不佛法。人生以快樂為目的。任何事情，最終都指向快…快樂。如果不快樂，就不要做！」

「我知道。」祖安嘆了口氣。

「不要嘆氣。人家威…威脅你？」師傅問。

「談不上威脅。人情壓力很重。」

電話那邊，又沉默了一會兒。

「祖安，你今年有三十了吧？」師傅說。

「剛好三十。」

「這樣吧。第一，你應該跟你父…父親仔細談一談。他在那個地方久了。講話有…有力。第二，你要展現你的魄力。要，不要，都清楚的表明立場。第三，我給你介紹一個朋友。應該算是你的師叔。他對這些事情，有經驗。你跟他談談，他也可以跟你去談事情。也有份…份量。」

「師叔？有多大年紀啊？」祖安問。

「也有六十四、五。」

「他是什麼人啊？」祖安問。

「做過台北縣攤販協會的幹…幹事長。」

青演先生批：

組織是奇怪的。它不是一堆人聚在一起，它是一堆人，有條理的聚在一起。這個條理，可以說是規章，可以說是默契。其實，那種條理就是階級。沒有階級的團體，不是組織。有時候，我們叫它烏合之眾。不要說的那麼嚴肅，它是個沒有效果的團體。組織一定要講究效果，講究透過組織而達到什麼目的。組織具有目的性是必然的，無論它是嚴肅的政治組織、軍事組織…還是一個輕鬆的娛樂組織，休閒組織。

第四章【19】油豆腐細粉

李師傅在社會上，早已不管事。但是，他對於自己的事，還是處理的井井有條。所謂自己的事，有時候會向周邊延伸一點。比方說，自己人的事。

祖安第一次來，李師傅心裡就琢磨。他認為祖安會持續受到糾纏，會有各種麻煩出現。有人怕麻煩，怕思考；似乎避免思考，麻煩就會消失。李師傅不怕。他喜歡思考，喜歡推測各種事情的可能變化。不就是打…打仗麼？打仗很簡單，孫子說要有「廟算」，沙盤推演麼！打仗很簡單，比腹案麼！誰能靜下心，耐下性的推演腹案，誰就有勝…勝算。這件事，交給賈六吧。很久不來往，需要操操兵！將軍需要操兵，兵需要被…被操。這是兵法，也是世間法。

李師傅中午醒過來，有電話。

「喂。哪位？」

「大哥，賈六。」對方說。

「賈六。」

「大哥，我們約個地方吃飯。」

「好。什麼事情？電話裡講…一樣。」李師傅還有睡意，頭腦不清爽。

「您的事啊！還是見面吧。鼎泰豐好不好？」對方說。

「好是好。但是，你知道我起來的…晚…」

「沒事。您慢慢來。一點半。」對方說。

「好吧。一點半。」

李師傅簡單的梳洗一下。走出大門，走過巷弄，上大街，叫計程車。大約一點二十分，到了信義路鼎泰豐樓下。賈六已經在那裡。李師傅和賈六打招呼，然後搖搖頭。騎樓下有很多日本觀光客，服務小姐拿個本子，在騎樓間穿梭。

「我看算…算了吧。」

「我去跟經理攀攀關係。也許還可以盤一盤。」

「不…不要。有親論親，有朋論朋。無親無朋，咱們才…」李師傅說。

「好。我懂。」

「我看到巷子裡吧，差…差不多。」李師傅說。

兩個人走到旁邊巷子裡。一家和鼎泰豐類似的店；也是老字號，人少一點。李師傅和賈六，進門後走向一樓的角落。

「要不要坐二樓？」一個年輕的女服務生問。

「你折騰我們老頭子啊？」賈六笑著講。

「我們習…習慣坐這裡。謝謝。」李師傅講。

點菜。服務生拿來菜譜，攤在賈六前面。賈六把它闔上。

「一條蔥燒鯽魚。一份芋頭。」賈六看看李師傅。

「吃什麼？還是老樣子？」

「老樣子。老樣子。」

賈六看看服務生。

「蟹殼黃、蘿蔔絲餅各一份。油豆腐細粉兩碗。要不要雞湯？大哥。」

「有湯了。」

「就這樣。」賈六對服務生講。

東西來了，邊吃邊聊。

「大哥。最近胃口好？」賈六問。

「差不多。我什麼都吃，只是量…量注意。」

「我血壓高。」

「年紀到了，要注意。」師傅關心的說。

賈六夾了一個蟹殼黃給李師傅。

「大哥。你的學生子來找過我。」

「對。對。怎麼說？」師傅問。

「兩個地方上的一起來。混混。還有個警察。」

「嗯。」

「我表示樂觀其成。有事體我配合。也就是這樣。」賈六說。

「這樣很好。」

李師傅把蟹殼黃用筷子撥開，吃了半個。

「口味如何？」賈六說。

「類似。類似。」

賈六戳破鯽魚肚子，夾了一塊魚子給李師傅。李師傅用筷子擋了一下。

「這個我少吃。總是七…七十多了。」

賈六把魚子放進嘴裡。

「哈哈哈。我還是不能忍耐。」

李師傅笑了。

「怎麼能不忍耐？拿老命開玩笑。」

「您的身體好。想當年…」

李師傅搖手。

「還好。還好。當年的事情，我想…都沒有想過。」

賈六笑了。用手拿了一個蘿蔔絲餅。

「對。好漢不提當年勇。」

「我從來也沒有勇…勇過。」李師傅也笑著說。

李師傅開始吃他的油豆腐細粉。

「你最近生活如何？」李師傅問。

「都一樣。工作嘛。上軌道就好了。我跟那些人來往容易。」

賈六反過筷子，夾了一塊芋頭，放在李師傅的盤子上。

「這是好東西啊。」

「好東西。」李師傅說。

賈六放下筷子。看著李師傅。

「你那個學生。我有點擔心他。」

「怎麼樣？」李師傅繼續吃他的細粉。

「祖安對吧？嫩一點。」

「年輕。三十歲。」

賈六又拿了一個蘿蔔絲餅。

「他身體棒，家裡有錢，不是個怕事的。但是…怎麼說？氣味不大對。不像是跟那些人混在一起的。」賈六說。

李師傅放下筷子。

「我就是擔心這個。他是個信佛的。我暗示他不…不要淌混水。」

賈六咬了一口餅，放在盤子上，慢慢的嚼著。

「我怕那幾個傢伙，並不是存心拱他。」

「訛他？」師傅說。

「那幾個人，講話不實在。如果背後有人，層次不高！」賈六說。

「嗯。」

賈六拿起剩下的餅。

「要是真的有搞頭。我們也就不只是樂觀其成。是吧？這些事情我們都很拿手。但是，如果那幾個傢伙要弄他的錢，我認為不好收拾。」

李師傅拿起湯匙喝湯。

「所以我要他找…你。你跟地方上熟悉。分析厲害得失，講話他聽得進去。我反而只能敲…敲邊鼓。」

「大哥。你還是很關心人。」賈六深深看著李師傅。

「不…不是。有些事情，一看就…就有問題。不能成！」

李師傅喝了最後一口湯。

「你可以跟他爸爸認識認識。地方上的老人。他們父子有三…三家金店。」

「祖安說他們有發展，還是你指點的。」賈六說。

「指導棋。指導棋。」

「三家金店！那是要認識認識。」賈六哈哈笑起來。

李師傅也哈哈笑起來。

差不多了。賈六要去付帳。李師傅阻止他。

「讓我來。我的人向…向你請教。你是有力人士。」師傅說。

「什麼話！地方上，你的學生子才是有力人士嘍。」賈六說。

「他以後還要麻煩你。不要搶！聽我的。我的規…規矩大。」

青演先生批：

人在人情在，講的就是關係問題。人際關係是相當難以理解的事情。它不是一個人與另一個人的關係；例如：夫婦之間，就談不上什麼人際關係。但是，兄弟姊妹之間，就有點人際關係味道。社會上的人際關係，更是複雜，那是一個人面對許多人的關係；而這許多人彼此之間，又是相互認識的。（我們在馬路上，面對一大堆彼此不認識的人，就沒有什麼人際關係）面對這樣複雜的局面，就得行事細緻一些。因為，這個（認識的）人之利，可能是那個（認識的）人之害。做人要有分寸，就是指得那種細緻。

第五章【20】驚喜

早上起來，禮夏準備去上課。美麗拉拉他。

「喂。有話跟你講。」

「嗯？」禮夏問。

「懷孕了啦！」

禮夏真的嚇一跳。

「真的嗎？好棒喔妳！」

「什麼啦。好丟人哦。我不要跟人家講。」

禮夏抱起美麗轉圈圈。

「放我下來！放我下來！」

「唉呦－。怎麼見人嘛。打他－打他！我不要懷孕！」

美麗用拳頭打肚子。

「喂！妳幹什麼？」禮夏很兇的講話。

「嗄－？對我兇喔？你對我兇喔！」美麗瞪禮夏。

禮夏拉美麗的手。

「不是啦。是我的兒子嘛。我要去跟媽媽講。」

「不要啦－。還不一定。我兩個月沒有來。要去檢查。要陪我去喔。」

那個婦產科姓馬。沒有多久，就有結果了。

「有啦。」醫生看著他們。

「喔。」禮夏說。

「是夫妻吧？一看就知道。」

禮夏沒聽懂醫生說什麼。美麗把頭轉到一邊。

「有的人聽說懷孕，就沒那麼高興。明白嗎？」

「男生女生？」禮夏問。

「怎麼會知道？還要來多幾次，做超音波。你想知道啊？有的人不想知道，喜歡有個驚喜。」

「我們不想知道。」美麗說。

從醫院出來。禮夏很高興。用力拉美麗的手搖著。

「不要拉我啦。人很多啦。」

「就要拉妳。做媽媽了還不讓我拉。」

「討厭。」

「去植物園吧？」禮夏說

「就會去植物園。逛了四年還不夠嗎？」

「植物園人少。」

「好嘛。」美麗很依禮夏。

植物園的人是很少。禮夏和美麗第一次約會，十八歲，就在這裡。那一天傍晚，下了雨，到旁邊的西餐廳吃飯。兩個人把外套脫下來，禮夏要替美麗擦大衣上的雨水。美麗把衣服搶過來，說他好噁心。禮夏很難過，美麗就讓他擦大衣上的雨水了。

「我不想生產時候是男醫生。」美麗說。

「你不懂。婦科要看女醫生，她們了解女人的事情。產科要看男醫生，如果有什麼危險，他們膽子大，有決斷力。」

「誰告訴你的？這麼有經驗。」美麗白了禮夏一眼。

禮夏做了一個神氣的表情。

「好啊。不理你！」

「好嘛。師傅告訴我的。」

「老天爺。你師傅連這個都教啊？」

「嗯！」禮夏說。

青演先生批：

婚姻是兩個人的事。很多婚姻專家，都是紙上談兵，沒結過婚，談什麼婚姻？婚姻之道很簡單，因為它根本沒有什麼道。婚姻是兩個人的事，這兩個人相處，和那兩個人相處，是不一樣的。有什麼好教的？有什麼好傳承的。如果說，婚姻真有什麼祕密，那就是兩個相愛的人，生活在一起。既然相愛，很多事就不必細說了。相愛麼，什麼事不能解決？不相愛，為什麼要結婚呢？婚姻怎麼維持的好，沒有答案，只有問題。那個相愛的問題不是問題了，也就不需要答案了。

第五章【21】耳朵很白

美麗和禮夏怎麼認識的？說起來很簡單；大學同學，大一就認識。那時候，新班代熱心，帶大家到處玩。禮夏不能跟大家玩在一起。他覺得學校考得不好，心情差。一次，中文系和歷史系郊遊，去淡海。同學高興的跑來跑去，禮夏一個人坐著看海。海邊風很大。禮夏看到一個歷史系女生，頭髮被海風吹起來，耳朵後面很白。怎麼那麼白呢？就這樣，禮夏注意到，一個耳朵後面白的女生，那就是美麗。

兩個人交往了三個月，禮夏鼓起勇氣跟美麗說，他要跟她結婚。

「你發昏。我們又沒有怎麼樣。」美麗看著禮夏。

「我跟妳拉過手了。」禮夏很認真的講。

大一寒假，美麗回屏東過年。禮夏每天給她寫信，後面畫一個漫畫。美麗回他信，要他把漫畫和信分開，分兩張紙。因為她媽媽總是說要看漫畫，結果把信也看了。禮夏說沒有關係。下一封信，他畫了一個美麗，旁邊有一個大胖老巫婆。

大一結束，美麗考第二名；禮夏四科不及格，包括國文和英文。美麗說，你再不用功，不理你。禮夏拼命的上暑期班，把課都補回來。暑假快結束時，美麗給他寫信，說她媽媽請他去屏東玩，住幾天，然後一起回台北。

美麗住眷村，禮夏開了眼界。空軍多四川人，村子裡小吃店多，禮夏愛吃辣，吃個不停。美麗擔心的說：

「我媽說你貪吃！」

「真的嗎？他還說什麼？」

禮夏眼睛睜大，急切的想知道。

「昨天晚上有個叔叔來。」

「我知道。那個空指部指揮官。」禮夏說。

「他說沒見過你這麼斯文的人，有問題。結果，我媽還幫你說話呢。」

「說什麼？」

「她說你有個性。」美麗說。

「那妳媽還很會看人。她很懂男人。」

美麗用力踢禮夏一腳。

屏東之旅，美麗媽媽對禮夏有好感。打牌的時候，美麗媽媽對牌友說：

「美麗的男朋友還不錯。」

「是啊。人高，長得也好。聽說家裡也不錯。」胖阿姨說。

「我們在客廳坐，要到飯廳吃飯。他走最後，會把客廳的電扇關掉。」美麗媽媽說。

「妳還真是注意小地方。」瘦阿姨講。

「開玩笑。選女婿嘛。」美麗媽媽講。

美麗很保守，也很膽小。她說在學校絕對不可以牽手，禮夏說好。她說結婚前絕對不可以「那個」，禮夏說好。禮夏覺得她像是妹妹。美麗呢？她倒不覺得禮夏是哥哥，她有哥哥。她覺得，她像禮夏的小跟班，跟他到處跑，也都聽他的。禮夏很疼這個妹妹，疼到總是跟她像小豬一樣的親嘴嘴。禮夏繼續畫漫畫，美麗也都喜歡看。

「我們是不是跑到你的漫畫裡去了？」美麗問。

「甚麼意思？」

「我們為什麼總是像小豬一樣的親嘴嘴？」美麗問。

大三暑假，美麗媽媽來台北小住，把禮夏找去談話。

「你們交往的不錯啦。」

「欸。」禮夏說。

「你可不能不要我們美麗！她受不了。」

「怎麼會呢？」禮夏緊張的說，有點發急。

「那麼，然後呢？」美麗媽媽說。

「結婚吧。」

「什麼時候呢？」

「畢業以後吧。」

「畢業以後？遙遙無期喔。」美麗媽媽說。

「不會的。」

「那麼，暑假先訂婚吧。」

「好。」禮夏說。

美麗媽媽把這件事告訴美麗，美麗把她埋怨得要死。

「媽－！妳都沒有替我想！」

「怎麼沒有？不都是替妳想？」

「大三就訂婚！人家一定會說我是不是懷孕了！」

「懷孕？有嗎？」

「當然沒有！甚麼都沒有！」

美麗的媽媽笑了。

「我猜也是什麼都沒有。」

美麗的媽媽看著美麗，替她攏了攏頭髮。

「我以後要叫他小瓜呆。」

那年，禮夏二十二歲，美麗二十一。

青演先生批：

有人說，珍貴源於稀有。這個話講的很世故，也講的很誠實。人與人之間的感情是很稀有的，因為人都是自私的。但是，當人處於愛情的狀態裡，就不自私了。什麼都願意拿出來分享，什麼都願意共有。愛情，是兩個人心甘情願的小共產社會。

第五章【22】規矩

美麗懷孕以後，心理有點變化。每天看著自己肚子想心事。美麗瘦，三個月以後，也看不出來什麼。怎麼回事呢？是寶寶發育得不好嗎？還是根本弄錯了？還是…？這樣翻來覆去的想，結果胃口也變差。禮夏很擔心，婆婆也很擔心，每天都做好吃的讓美麗開胃。可是，美麗還是心事多。腰變粗了！禮夏還會不會愛我呢？以後有了小孩，禮夏會不會多愛小孩一點，少愛我一點呢？我會不會多愛小孩一點，少愛禮夏一點呢？不過，這個時期不長。美麗聰明而堅強。她知道，這一切奇怪的想法，都和她的荷爾蒙有關。

「都是化學變化。師傅說的。」有一次，禮夏這樣說。
當時，美麗還笑話他；認為男女之間的事用化學來解釋，真是太不浪漫了。現在，她覺得師傅的話有用；她很高興，禮夏有這樣一個師傅。她也很高興，禮夏會把師傅說的事跟她說。兩個人溝通很好，她也學到不少。

體力的工作，明顯減少。婆婆都自己做，不讓美麗做。美麗過意不去，但是婆婆很堅持。也好。反正每天禮夏回來，都會帶自己去走路，體力不會消失。趁這個機會，美麗在家裡看書，畫畫；寫一點字，還刻一點圖章。過得很愜意，簡直成了一個悠閒的藝術家。那天，美麗翻她的舊照片，看小時候的樣子，也看看和禮夏以前的樣子。覺得自己很幸運，也很幸福。她翻到禮夏畫的一疊漫畫，高中時候畫的。美麗拿起來看，還是會發笑。漫畫裡夾著一個薄薄的小本子，是禮夏隨意記的日記。美麗心跳快了一些，把日記打開。禮夏念男生學校，很單純。每天記的事，大概都不離打球和打拳。最後一頁，一開頭，禮夏就說他哭了。美麗的心緊了一下，仔細的看了看：

5月16號星期4

晚上，蒙著被子哭。哭得很傷心，把枕頭都弄濕了。我的嘴張的很大，但是沒有發出聲音。我知道，不能出聲。否則，別的同學會問東問西，會笑我。十幾歲的男生都是這樣。更何況，我還是寢室長，還是學校的武術社團教練。其實，也沒有什麼。怎麼回事呢？是自己太衝動？還是泰順真的犯了錯誤？

下午五點，上完最後一節課。有的同學回寢室去洗澡，有的同學繼續唸書，或者到操場打球。離晚飯時間還有一小時。泰順和幾個同學坐在寢室的床上，談論李小龍。對於李小龍的死，泰順笑得很大聲。「李小龍到底怎麼死的？沒看報啊？脫陽而死！哈哈哈。笑死人。」「就是啊。可見功夫也分很多種的啦。哈哈哈。」諸葛在一旁答腔。我經過他們的床鋪。「禮夏。我跟你學國術，會不會有後遺症啊。」泰順嘻皮笑臉的講。我停下來。看著他們。「人都死了，不要講話那麼刻薄。」「唉喲。義正辭嚴。怎麼？李小龍不能說嗎？」諸葛說。「你不知道。李小龍是他的偶像。神聖無比。」一個人說。「再神聖也是脫陽而死嘛！哈哈哈！」泰順又嘻皮笑臉的講。我沒有講什麼。走過去，很用力的，一拳打在他臉上。大家都不講話了。泰順動了動下巴，沒有看我。「你這一拳不輕啊。」泰順小聲講，講得不清楚。可能是受到驚嚇，也可能是受了傷。

這一拳，成為學校裡的話題。大家都認為，我為了李小龍打人。是這樣嗎？也許有一點吧。我認為，李小龍對於中國武術有很大貢獻；是一個值得尊敬的人。對於值得尊敬的人，講話應該有禮貌。今天這個事情，主要是因為泰順沒分寸。泰順參加武術社團，我是他的師傅。那種關係很嚴肅。徒弟對師傅嘻皮笑臉，就該接受教訓。

這種觀念對不對呢？想了一個晚上；晚自習完全浪費掉了，不能讀書。師徒關係本來就是嚴肅的啊。師傅傳授徒弟本領，徒弟理當尊敬老師。為什麼其他人不這樣想呢？為什麼泰順不這樣想呢？泰順是我的好朋友，竟然觀念差這麼多！泰順是我的好朋友，我竟然把好朋友打了一頓。怎麼回事呢？是泰順錯了呢？還是自己是個怪人呢？越想越難過。

美麗看完日記，眼睛有一點濕潤。禮夏是一個很善良的人，嫁給他很好。但是，這樣的人會不會吃虧呢？會不會在社會上受人欺負呢？家裡的情況好。但是，禮夏總是要長大。他會長大嗎？他要是長大了，還會這樣愛我嗎？唉。還是要長大的。可是，我們這麼好，我會拖累他嗎？媽媽說看到我有好奇的感覺。她說我只是個小孩，怎麼肚子裡也有個小孩呢？是啊。我們總是像小豬一樣的親嘴嘴，本來就是兩個小孩。他會長大嗎？他長不大，是不是我害的呢？是不是我們的愛情，讓他長不大呢？

美麗甩甩頭，回到現實。不要亂想了，都是荷爾蒙的問題，都是化學變化。師傅說的。

青演先生批：

人的本質，是不容易變的；只是，人的本質很不相同。古人說先天後天，很有點遺傳學的味道。有人先天就善良，有人先天就是個壞胚子，一點不錯。可是，如果每個人都要求別人是好人，那壞人不就都沒有朋友了麼？壞人不都找不到老婆了麼？事實上，顯然不是這樣。所以，物以類聚這句話有道理。善良的跟善良的容易聚到一起，壞胚子們，也容易窩在一塊。如果不一樣的人弄到一起呢？那就叫做犯沖！

第六章【23】鮑魚罐頭

世雄要來。李師傅把昨天的報紙，拿到長櫃上放著。泡了一杯茶。他從來不替學生準備茶水。如果要喝，自己去廚房倒。李師傅對於各種分寸，掌握的極為精要。

世雄到了，打開一個箱子，裡面有兩打鮑魚罐頭；二十四罐。粉紅底，藍字；車輪牌。

「你這是幹什麼？」師傅吃驚的看著世雄。

「沒有啦。很感激師傅的教導。賺了一點錢，所以…嘿嘿。」

師傅做了一個無奈的表情。

「噯！二十年前，你送…送我。我可以一天吃一罐！現…現在…只有苦笑的份兒。」

「師傅說笑話。您身體這樣棒，什麼不能吃？」

「不…不是。這種東西太過營養，不是開…開玩笑的。這樣，我留一罐，嚐嚐味道。」

「哈哈哈。師傅。這次我不能依你。你教過我們禮尚往來、知恩圖報、敢出手，敢接招。敢…」

師傅真的露出苦笑。

「好了。好了。不跟你爭。這次算是讓你鉗…鉗住了。我慢慢吃也就是了。」

「看來你沒…沒來之前，就已經練習過了。」師傅說。

「當然。師傅教的。任何事情，都要先做兵棋推演。」世雄說。

「好傢伙！你…你到我這裡打仗來了。」

世雄拿出菸。師徒兩個抽起來。

「怎麼樣？生意好啊？」

「托師傅的福。賺了兩筆大的。」

「不。你自己很…很努力。」

師傅菸抽得快，已經剩下一半。

「生意。只有兩種。你要賺有…有錢人的大錢，還是一般人的小錢。」

世雄點頭，把頭低著。

「我記得師傅說過。我也一直在想這個問題。只是…」

師傅又拿起一根菸。世雄要替他點上，他搖搖手。

「以你的生意來講。小錢是開門生意，不…不可以放棄。每天都有一點，心裡踏實。」

「那倒是。真是這樣。」世雄說。

「至於說大錢。那要慢慢來。那不是開…開門生意。那是人脈。」

「有人脈就有錢脈。」

「對！有人脈就有錢脈。以前杜月笙說，人家存錢，他…他存朋友。就是這個意思。」

世雄自己點上一根菸，對著窗外呼了一口。師傅看在眼裡。

「你不要陪…陪我抽應酬菸。咱們師徒不興這一套。抽菸真是不好。老菸槍就沒有辦法。」

師傅拿起打火機，又放下。他把菸放回菸盒，把錫箔紙小心的打開又折起。似乎這種緩慢的動作，有助於他打消吸菸念頭。

「再回頭講。高級的人脈，有時候不容易自己建立，要靠朋友介紹朋友。這就是應酬！就是周…周旋！」

師傅的手放在膝蓋上，看著世雄笑。

「這就是…生意人的生活。當初你要開始做生意。我說你要想好啊。要作商人還是生意人，你要自己決定。」

世雄也笑了。

「我記得。我還記得師傅跟我說，商人和生意人定義不同。我弄了半天也不懂。哈哈。抱歉。師傅。我的頭腦不是那麼好。」

「不會。不要這樣想。只是一般人弄不清楚他們…根本不同。」

「商人，是買賣商品的人。生意人，是隨時分析利弊得失的獵人。商人存在於商場。生意人存在於各行各業，你我之間。」世雄說。

這一次，師傅沒有笑。他微微的點頭，眼睛看著他的徒弟。一種舒適而安慰的表情，漸漸浮現。

「很好。記得很…很熟。是好學生。」師傅小聲的說。

世雄吸了最後一口菸。

「師傅。我替你的茶加點水。」

「不要。我喜歡濃的。」

師傅看看桌子上的菸。

「你的這門油漆生意，有原料問題。因此，你要是肯花點時間，對原料市場去了解一下。那也很有可…可為。」

世雄把身體前移。

「是啊。師傅。我們總有被上游吃住的感覺。他們在那裡調整價錢，我們就哇哇叫。」

「可不是。你是賣技術和體力。他們在那裡…賤買貴賣。弄…弄不過他們。」

世雄看著師傅。

「他們才是油漆業的真正操作者。」

「當然。只有只盯著數…數字變動的人，才是真正操作者。各行各業都是一樣。」

世雄吸了一口氣。

「師傅。我也想變成這種人。」

「好。但…但是不能著急。這種事情，資金和人脈都不是簡單的。你想做得高級，就…就要對這行深入了解。記住。只做自己懂的事，只有懂得多的人才賺錢。你還很年輕，在我眼中，尚…尚是小孩。你一定會做得很好。」

「謝謝師傅。那我這階段，應該怎麼做？」

「顧小的，看大的。」

師傅還是把菸盒拿起來，抽出一枝。

「任何時代。所謂大，沒有大過政府。能做政府生意，才叫做…做大。」

師傅用打火機點著菸。

「你要試著去了解政府的…預算和投標問題。」

師傅很瀟灑的把打火機扔在桌上。

青演先生批：

金錢是人類的亂源。動物沒有金錢，所以，動物沒有人貪心。人跟動物的差別之一，是動物有夠吃的食物就好，所以貪心很有限。人的金錢觀念，就是把很多食物折合成金錢，堆積起來。結果，越堆積越多；還要彼此計較，看誰堆積的比較多。所以，以動物的立場而言，牠們一定覺得人類是傻子。

第六章【24】喝酒

「雄哥-。再來一次嘛。」小舞嫵媚的看著世雄。

「是啊。你看人家又要了。」張老闆摟著小蝶，猥褻的說。

包箱裡煙霧瀰漫。兩個跳舞小姐站在前面，緩慢的扭著腰。角落的電視上，放著有點過時的歌曲。周老闆拿著麥克風，忘情的唱。小茶几上胡亂堆著小菜；燈光昏暗，看不清楚是什麼。三瓶黑牌威士忌，有兩瓶已經空了。世雄喝得過頭，旁邊的小舞摟著他。

「再來一次。再表演一次。你看人家多麼有需要！」張老闆說。

世雄甩甩頭，搖晃著站起來。看著小舞和小蝶。

「好！還是妳們兩個嗎？」

「嗄-？你要換人哦？這麼快就移情別戀喔！」

小舞站起來，用胸部貼著世雄，跟著音樂，輕輕的旋轉。

「不要亂講話。就算我要移情別戀，體力也不夠啊。」

大家笑得很大聲。喝酒就有這個好處，大家都興奮。好笑的事，可以笑死人。不好笑的事，大家也會捧場，盡力的笑。

「來吧。」

世雄蹲起四平大馬，兩隻手臂左右伸出，放在身體的旁邊。

「來！」

小舞很快坐在他的右手臂上。

「我也要！」小蝶也過去，坐在左邊的手臂上。

「喝！」

世雄大喊一聲，手臂向內彎，把兩個人夾住。雙腿用力，腰一挺；硬生生的把她們舉起來。小姐們尖聲驚叫，頭差點碰到天花板。小蝶還掉了一隻鞋。

「好啊。」張老闆拍手。

世雄抱著她們轉了幾圈。

「不行了！暈了！要高潮了！」小舞大聲的說。

大家又是一陣笑。世雄把她們放下，呼了一口氣，做了一個收功的架勢。

「唉呦－。好帥喔！」

小蝶膩聲膩氣的講，眼睛直放電。

「ㄟ！回來這裡！大老闆在這裡啦。」張老闆在她胸前亂摸。

小蝶馬上倒在張老闆懷裡。

「張大頭。人家是你的嘛。」小蝶講。

「什麼張大頭？大頭呆嗎？」

「你說呢？你說什麼是張大頭？」小蝶很主動。

「ㄟ。ㄟ。不要亂動！我很怕你碰呢。」

「為什麼啦？」

「因為喔！…」

張老闆看看大家。

「因為妳叫小蝶啦。被你碰到，我的股票就會…小小的跌啦。」

大家笑得很大聲。小蝶很有經驗。

「小跌才會大漲啊。你大漲了沒有？我看看！」

她把手伸到張老闆的腰帶下面。

世雄醉了，任憑小舞怎麼推，也只能哼哼哈哈的出聲音。

「走了。走了。」周老闆講。

「走了。」張老闆一面講，一面把褲帶繫好。

「散了。酒寄在這裡，要劃線！不要偷喝我的。」

「就要偷喝你的！給你灌點茶，你也分不出來。」

一個在前面跳舞的小姐，跟另外一個小聲的講。兩個人嘻嘻笑著離開房間。

「這樣。小舞跟他走。」張老闆說。

「醉成這樣！」小舞說。

「找一家旅社，好好伺候，過夜。要什麼給什麼。聽到了嗎？來！錢先給妳。」

張老闆去掏皮夾子。

「另外。小蝶。妳去付錢。」

「喔！然後呢？」小蝶說。

「然後？當然有下文啊。當然會給妳表現的機會啊。帶你回我的另一個家啊。」張老闆說。

「什麼時候，那個家，才會變成我的家啊？」小蝶抬著頭，翹著嘴講。

「表現好的時候啊。」

「真的喔？」小蝶說。

「當然是真的。去付賬啦。」

小舞和世雄走了。小蝶去付賬。

電視上響起〈愛拼才會贏〉。周老闆遲疑了一下，放下麥克風。坐在沙發上，喝他的冰水。

「喝多了？」

「沒有。吐一吐就好。」周老闆說。

「你這個習慣不好。」張老闆說。

「是啊。對胃不好。」

「你看這個傢伙怎麼樣？」張老闆說。

「沒什麼。小鬼。」

「最近好像很拉我們。」張老闆說。

「拉什麼？喝醉了不是我們付錢？」

「我看，他有點想挖我們的線。」張老闆說。

「嘿嘿。有感覺啊？我也有感覺。」

「年輕人！想得少。」張老闆說。

「對啊。我們倒是可以利用他一下。倒一點貨給他。」

「讓他做個小中游，去牽一些線。我們先吃飽。」張老闆說。

「吃飽以後再說。」

「再說什麼？吃飽就把他換掉！」張老闆說。

小蝶進來。

「都好了。走吧。周老闆？你呢？」小蝶去挽張老闆的手臂。

「別管他。他還有好幾個要擺平。」張老闆說。

小蝶白了周老闆一眼。

「你們男人最壞了。」

青演先生批：

佛教認為人要進化，必須要守戒；要消除、克制一些無意義的慾望。其中最重要的，就是殺、盜、淫、妄。這些事情，都是由慾望－沒有意義的慾望造成的。但是，人類這些劣根性要革除，需要決心與毅力。有一種東西，會把決心與毅力，立馬摧毀。那個東西就是酒。酒的歷史可久了，人類往前走一步，酒把人類往後拉一步。這樣說也許誇張了一點。不過對於喝酒壞事的人來講，可是一點不誇張。

第六章【25】小套房

世雄半夜醒過來，小舞很配合。世雄力大如牛，小舞沒有遇到過這種陣仗。她心裡想，他應該有點錢，可以了。做起那個事情，真是天雷地火。這種男人不多，一定不要放他走。小舞打定注意，又把世雄弄醒，給他更大的快樂。

第二天早上，窗外的太陽刺眼，照在世雄臉上。世雄揉揉眼睛，看見旁邊的小舞。他搖搖頭；昨天晚上的種種，漸漸清晰起來。小舞也醒了，瞇著眼睛看世雄：

「你好厲害哦。」

世雄嗯了一聲。

「錢付過了，對吧？」

「這麼沒感情！」小舞轉過身，背對著世雄。

小舞二十出頭，身體的曲線好。世雄看著小舞，生理又有了變化。他把小舞翻過來，讓他的雄性荷爾蒙盡情發洩。小舞使勁扭動，大聲呻吟。盡情的享受世雄，並且不忘稱讚；說世雄有多麼特別，有多麼好。

兩個人洗完澡，小舞對世雄說：

「今天不上班了。帶我出去玩好不好？」

世雄有點詫異。

「妳對客人都是這樣的嗎？」

「你壞！沒有把你當客人嘛。」

「是嗎？」

世雄年紀不夠大。但是，他並不是不世故。

「留個電話好了。」世雄說。

小舞去拿皮包。世雄看著她赤裸的身體，想到書晴。書晴三十了，她會比書晴好嗎？也不見得。差不多吧。年輕女人的曲線不是那麼明顯。有時候，有點年紀，有點肉更好。有肉，曲線會更突出。肉慾嘛。沒有肉，哪裡有慾呢。小舞走過來，從皮包拿出一疊名片。拿出一張給世雄，上面有她的電話，和酒店地址。

「電話很好記嘛。」

世雄瞄了小舞一眼。一疊名片？一天要送幾張出去？不過，她的反應還是不錯的。也許，可以長期來往？世雄拿起桌上的菸。

「妳的？抽妳一支。」

「昨天晚上，差點被你抽死。還在乎你抽一支啊？」

風塵女子就是這樣，她們最會讚美男人；讓男人覺得…還是個男人。老婆呢？老婆最吝於讚美。但是，男人就是需要這麼一點虛榮心。這一點虛榮心，就可以把男人套得牢牢的。床上技術？那倒還是其次。

「今天我有事。送妳回家好了。」

「好。我住在永和，有一個小套房。你送我，請我吃豆漿。」

小舞不堅持。走一步，算一步。

早上八點多，吃完豆漿，世雄把小舞送回家。進了房間，兩個人又從床上滾到地毯上。讓男人戀著，小舞有辦法。那天，世雄進辦公室，已經過了十二點。

青演先生批：

動物世界中的兩性吸引，再自然不過。所謂自然，並不見得和平，有時候暴力反而是常態。人類社會中的男女，透過婚姻制度，呈現一種和合狀態。但是，如果不在婚姻制度裡，就是一種戰爭狀態。戰爭的目的，並不是要殺死對方，而是擄獲對方。這種戰爭，與我們瞭解的戰爭，很不一樣；因此，常常視而不見，墮入五里霧中。

第六章【26】劈刺

李師傅暴喝。

「劈！再劈！刺！再刺！」

國威和禮夏，手中持著木劍，在院子中來回的進退著。福貴在旁邊比劃，也很認真。李師傅坐在紗門前的台階上。三個徒弟走過來。李師傅拿過禮夏的木劍，耍了一個刀花。

「看清楚了。這都是虛…虛招。」

接著，又耍了一個反方向的刀花。

「師傅。以前我們最愛耍刀花。」禮夏說。

「咳！不…不要迷惑。假…假的！」

李師傅把刀還給禮夏。

「只有劈和…刺是真的！你們當過兵。學過劈刺麼？」李師傅問。

「學過。就是刺槍術嘛。把刺刀裝在槍上。前進刺，刺－！砍劈！迴旋－！」

國威拿著木劍做動作。有模有樣。

「對。軍隊的那種刺槍術，是德國人整理出來的。劈和刺這兩個動作最基本，最重要。傳來中國，我們就直接叫它劈…劈刺。」師傅說。

禮夏拿著木劍，做了一個劈的動作。師傅看著他。

「對。要再用力！再快！這個動作在日本武術中，叫做…袈裟斬。從頸子砍入，脅下砍…砍出。把人切成兩半！」

「日本的刀法霸氣啊。」國威看著他的木劍。

「中…中國也有這種說法。《莊子》〈說劍〉就說…上斬頸領，下決肝肺！上斬頸領就是劈！下決肝肺就是刺！這兩個式子，中國古…古已有之。」

禮夏張大眼睛。李師傅知道他有興趣。

「進來吧。告…告訴你哪幾個字。」

進了屋子。三個人圍著師傅坐。

「劍走輕靈刀走黑！刀去如猛虎，劍來如飛鳳！兵…兵器的路數和它的形…形制有關。」

「師傅。我現在練的是…」禮夏問。

「現在還是單操。除了劈和刺，本門的刀法還…還有六式。合起來有八式。」

「虎牙八式！」國威講。

師傅點頭。

「對。虎牙八式。國威你背…背給禮夏聽。」師傅說。

「點投。撥閃。突刺。插划。十字劈。三盤斬。火焰。波濤！」

國威背得很熟。禮夏不知道怎麼寫，國威拿過他的筆記本。

「不要忽略軍…軍隊武術。那個…管用。」李師傅說。

他還想要說什麼，門鈴響了。國威出去開大門。

門外站著的是書晴。眼睛腫了，不肯進來。國威進屋，小聲的對師傅講：

「是世雄嫂。她不肯進來，好像哭過。」

師傅皺皺眉。

「好了。練到這裡。你們先走。我來看看有…有什麼事。」

青演先生批：

文化一種包裝，把本來簡單明瞭的東西，弄得很複雜。複雜了以後，目的與動機，就被隱藏了。只有聰明的人，才能窺視包裝裡面的真實物件。在佛教而言，那些少數的聰明人，就是悟者；大多數的人呢，都是迷者。悟者看見一個包裹，就知道包裹裡面是什麼。迷者看見一個包裹，不但不知道裡面是什麼，連怎麼打開都不知道。所以，做人不簡單，成長的訓練，就是一種拆包裹的訓練。

第六章【27】春風

李師傅很少主動和學生聯絡。但是，今天這個事體，有點麻煩。看來要把世雄找…找來，開導一番！否則，他老婆那裏不好過。連帶的，世雄也會…大受影響。要怎麼講他呢？不能硬來！古人不是說春風化雨麼？李師傅想著世雄，想著自己年輕的時候，想著自己喜歡過的女人。化學變化！沒…沒有錯。禪宗？那是以前非常歡喜的東西。沒想到開悟的過程，竟然是把它和科學發生連結。禪宗本來就是心理學嘛。「師傅。你的這種頭腦，沒有成為學術人物，真是太可惜了。」禮夏有一次這樣說。是嗎？學術？學者？大師？不…不也就是個名麼？難道生意人、政治人物、軍事家、大流氓…他們的腦子就…就不如學者嗎？真是！人生一場，做什麼還不都一樣。…零和理論？唉！腦子又開始…亂串。不是要找世雄麼？李師傅翻出一個小本子，拿起電話。

李師傅也很少和學生約在外面。這一次，他和世雄單獨吃一家香港館子。

「師傅。你今天怎麼這樣有閒情逸致？」世雄說。

「沒事情。心裡煩。出來走走。」

「哈哈哈。師傅不會煩什麼。一定有事情。」世雄說。

小姐來點菜。

「不麻煩妳。我要那個香港男領班點。」世雄有技巧的講。

「有經驗啊？」師傅笑了。

領班過來。向兩人問好。

「一條青衣。新鮮嗎？」

「新鮮！」

「蠔油芥藍。白雲豬手。老火雞湯。另外拼一個小拼盤。」

「拼什麼呢？」跑堂看這兩個人。

「師傅？」

「愛…愛吃乳豬和金銀腸。」

領班走了。世雄替師傅倒茶。

「香港人做的不一樣。好吃。」世雄說。

「廣東以飲茶出名。但是，他…他們竟然有燒烤。」

師傅喝了一口茶。

「鐵觀音。好。」

師傅又喝了一口茶。

「燒烤，絕對是北方食物。以前有個港廚跟我說，廣東人吃燒臘，也就是清朝以後。受到滿州人影響。真是很…很難想像。」

兩個人閒聊著，菜也陸續上齊。

「到齊了！」領班過來講。

「兩碟干貝xo醬。」世雄說。

師徒吃著，品味著。

「近來春風得意？」師傅講。

世雄夾了一節金銀腸，放進嘴裡。

「書晴去找過您了。沒事的。師傅。本門哪個沒有三兩三？」
師傅笑了。

「想當年，我在上海，也…也有幾個。」師傅說。

「我們做徒弟的，常在背後談論。以您這樣一表人才，當年必是風流人物。」
師傅又笑了。

「有幾個。那都是化學變化，不…不正常。」
師傅也夾了一節金銀腸。他把外面的豬肝撥開，把裡面的肥肉拿出來，放在小碟子上。

「你跟我這麼些年。我也講了不少。惟獨少…少講女人。」
世雄放下筷子。

「性慾，就是生命力。它一點錯也沒有。你還記得我說生命的基本功能吧？」師傅說。

「是求偶與覓食嗎？」世雄說。

「對。性慾是生命的基本功能，沒…沒有，就慘了。但是一條。不要讓它妨礙了覓…覓食功能！美人窩是英雄塚，那就不…不可以。」
世雄看著師傅前面的白雲豬手。想事情。

「您說化學變化，是不錯的。所以，它來的時候，真是難擋。」

「一點不錯。擋…擋不住。所以，既然來了，就享受享受嘍。」師傅說。
師徒兩個，互相看著。七十幾的老男人，和三十歲的小男人，會心一笑。

「師傅。吃白雲豬手，加點醋很好吃。」
世雄夾了一塊豬蹄，放在師傅的小碟子裡。

「我們對於婚姻這個制度，還是要尊敬。它有極大的缺點。但…

但是必須維持。」師傅說。

「嗯。」

「我以前女人不少啊。」師傅看著世雄。

「但是，我都有言在先。要嘛，就做小，按規矩；要嘛，就…就玩玩。玩玩的，不談感情，少廢話！」師傅的聲音很平。但是，又好像輕描淡寫的說了重話。

「好…好吃！我多年沒有吃…白雲豬手。」師傅繼續說。
世雄抬頭看著師傅。

「那願意做小的女人多嗎？」世雄問。

「當然少…之又少。一個女人既沒有地位，又要終身受到指指點點，只有兩個原因。一個是神聖無比的愛情。」師傅把豬蹄放進嘴裡。
世雄笑了。

「另一個呢？」

「另一個就是你的條…條件太好。像王永慶一樣。」師傅說。
世雄笑出了聲。師傅拿勺子切下一塊魚腹，遞給世雄。

「師傅你吃。肚子好欸。」世雄讓了一下

「我老…老派。講究雞…雞吃骨頭，魚吃刺。我來個尾…尾巴。」師傅說。

「你現在這個，漂亮吧？」

「嘿！漂亮！那個奶子一抖！…抱歉，師傅。」
世雄真的臉紅了。畢竟師傅還是師傅，有點太沒大沒小。

「沒事。你的意思是師傅沒…沒看過大的？」
兩個人又笑了。師傅喝了一口茶。

「書晴難過。因為你現在常不…不回家。」

「欸。有時候一個禮拜兩天不回去。」世雄說。

「男人在外面，怎麼樣，都不是問題。你一個星期五天不回去，我也沒意見。只是，你要記得本門的世間法。要…要做個男子漢。」

「我懂了。師傅放心。我很愛書晴，否則也不會結婚。」

世雄深深的看著師傅。

「另外，我跟那個，也是只有慾望罷了。都是荷爾蒙作祟，一定會過去。」

師傅又開始吃東西。廣東菜，對他的胃口。

「不過。」

世雄也開始吃。

「那個，有她的獨到之處。跟她在一起，好像特別有精神。」

「風塵女子，當然有一套。靠那個吃…吃飯的嘛。而且，她們也有師傅。」

世雄做了一個誇張的動作，假裝把豬蹄掉在盤子裡。

「嗄-？這種事情也有師傅？」

「怎麼沒有？而且名堂大了。」師傅說。

「師傅！傳一點吧。」

「開…開玩笑。我怎麼傳你？我又不是幹大茶壺的。」

師傅笑著說。

「以前。這種事情可…可講究了。也是三年零四個月出師。那個年輕的，要在房間外面，聽裡面辦…辦事。聽紅牌的怎麼個叫…叫法。」

「天啊。」

「那個叫得好的，真…真是跟唱戲一樣！」

世雄攤在椅子上，伸著舌頭。

「師傅！我們沒趕上那個時代！」

「所以，那是賣…賣的。你說，人家表演，你欣賞就…就好。要是真發暈，是不是丟人一點？」

世雄呼了一口氣。

「師傅。又懂了。」

李師傅看著世雄，認為他清醒不少。可以了。但是，要再深入的點他一下！

「再…再說給你聽。風塵女還有一招。厲害！」

「是。」世雄又給師傅夾豬腳。

「那可就是…心理戰了啊。她們會說你了不起，說你真…真雄偉。把你捧上天。然…然後，表示還…還有其他男人追她。又把你摔…摔下地。」

世雄把眼睛睜得很大。這次，一點耍寶的態度都沒有。

「再不然，就是說跟了你，要從良。然後又說沒有錢啦，還是去賣吧。總而言之，統…統而言之，讓你忌妒的要命。錢就被訛…訛出來了。」

「忌妒？」世雄說。

「對。忌妒！忌妒是讓你荷爾蒙失調的最有力催化劑！催化劑懂…懂麼？」

「師傅。我工專學化工。」世雄說。

李師傅點點頭。

「好。你都明白了。豬腳真的不壞。你也再…再來一塊！」

青演先生批：

做老師真不容易。一個人能夠聽另一個人指導，需要全然的信任。指導教授？那是大學裡的花樣，職業性的，多少有點買賣性質的。人生導師那就不同了，來來去去，沒有一絲勉強；如果還能長時間來往，還能以師徒相稱，裡面有極大愛心存在。古人說「春風風人，春雨化人」。又有誰注意到「春雨貴如油」？又有誰注意到，春風過後，了無痕跡？

第七章【28】手腳粗

福貴年紀小，排了個低一等的班輩。這件事，福貴不知道該怎麼說。一來，他要叫其他人師叔，多少彆扭。二來，他有個師爺，又好像有特權。

福貴心裡，常常想著他的師爺、師叔：世雄師傅功夫棒；國威師叔很活躍，社會關係好；祖安師叔有錢，開金店；禮夏師叔斯文而有學問。他們都值得學習。不過，福貴心裡也有點吃味。這些人，怕是永遠也趕不上了。

鐵工廠的磨鍊，對於福貴的身體有幫助。台灣專門做輸電鐵塔的工廠不多，也可以說是獨門生意。他們的工廠，和政府有長期合約。福貴十六歲開始做鐵工，十八歲當兵，回來，還是做鐵工，不怕失業。一般人不也都是這樣嗎？能夠找到長期工作，就算是造化了。生活除了圖個溫飽，還有什麼？

自從來師爺這裡聽聽以後，福貴有了變化。福貴看見了一個不同的世界，一些不同的人物。他們跟他一樣，都還算年輕，但是各有一片天。或者說，在可見的將來，都會各有一片天。福貴看著自己粗厚的手，皺起眉頭。他有失落感。他不知道在師爺心裡，他的手代表什麼？福貴把粗厚的手，相互握了幾下。條件太差了。師爺怕是會笑話吧？他把有鐵頭的鞋脫下來，穿上輕便的鞋。好幾種感覺擁塞在心頭，讓他不大好受。

師爺是個奇特的人。他肯跟福貴講話；肯跟福貴講很多話，講很多有學問的話。福貴很珍惜這件事。他認為，自己像是武俠小說中的人一樣，幸運的遇到了奇人異士。

所以，一定要克服！一定要繼續去師爺那裡，每個星期都要去三天！

青演先生批：

自卑感是最莫名其妙的事情。人都有各種強項弱項；全然具備強項的人不存在。全然具備弱項的人，就是一個死人。所以，只要一個人還活著，他就有些值得自豪的地方。自卑感，就是人見不著自己的強項；或者，專門拿自己的弱項去比較別人的強項。心理學上來說，看不著自己強項的人，是患有憂鬱症的人。也許我們可以說，自卑感是一種人格上的憂鬱傾向罷。治療自卑感，就像治療憂鬱症一樣。

第七章【29】抬舉

李師傅睡著了。報紙掉在椅子旁邊的地上。禮夏和福貴在院子裡。

「師叔。你練過很多種拳啊？」福貴問。

對於師叔這個稱呼，禮夏不習慣。大概只差五、六歲，就比人家高一班輩。不過，在師傅這裡，禮夏學到很多事。其中一項，就是不要怕人家尊敬你。「人家抬舉你，你不敢接受，那不就叫不…不識抬舉麼？」有一次，師傅這樣說。對於這個問題，禮夏想了很久。他認為這是一種角度上的問題。學校的老師，說做人要謙虛。要謙虛還是要「接受抬舉」，應該只是不同的人看事情的不同角度。後來，他把他的想法跟師傅講了講。記得師傅新打開一包菸，很慎重的跟他說這件事情。…

「師傅。你是不是看事情，總有異於常人的角度？」

師傅開始吸煙，瞇著眼睛，慢慢的跟禮夏講：

「不是一種角度，是一…一種高度。」

他彈了彈菸灰，看著禮夏。

「看東西不一樣，可以視為角度不同。但是一條。如果以角度來解釋見解，那麼各種見解，就沒有是非對…對錯可言。就變成各…說各話。」

禮夏同意。

「因此，在眾多的角度中，我們之所以選擇這個角度，而不那…那個角度，因為角度雖有不同，卻有高下。」

禮夏很少見師傅講話這麼慢。

「我慢慢講，你慢慢抄。」

師傅吸了一口菸。

「我們選擇的角度，是一種高視角！一種由上而下的…視點。」

「為什麼呢？」

「因為視點越高，看見的事情範圍越…越大！越全面。」

「全面？」

「當然。孔子不是說：吾從眾麼？他要是不能全面的了解…眾是什麼，他…他怎麼去…從那個眾？」

禮夏嚴肅起來。

「所以，視點愈高，看見的面積越大，越接近真理？」

「我不說真理，我說規律。」

「規律？」禮夏問。

師傅彈菸灰；發現菸已經短了，把它熄在菸缸裡。

「真理像是基督教講上帝。只有一個！。規律就鬆動，像是佛教講諸…諸佛菩薩，有很多很多。」

師傅發現講得遠了，怕禮夏跟不上。

「這樣。你《老子》熟麼？」

「嗯。不熟。」

李師傅笑了。

「你這個中文系，怎…怎麼上的。」

「《老子》第一章，開宗明義就…就說：道可道，非常道。就說人…人生有很多規律，但…但是沒有唯一的真理。」
禮夏開始流汗。精采了！

「師傅。那麼，站得越高，越能全面的看見人類規律？」

「不錯。所以見解才有高下。人的智慧才…才有提升的可能。」
禮夏在他的筆記本上，抄寫了很久。

「師傅。我本來以為您懂得多，但是您…真的不只是懂得多。」
李師傅沒有特別的表情。

「我們有緣份。你聽我講講，聽你的大學教…教授講講。分析分析，對…對你有好處。」

「師傅。好羨慕您這樣有智慧喔。」
李師傅沒有特別的表情。又點起一根菸。

禮夏回過神。看看福貴。

「對。我最早接觸過拳擊和泰拳。後來練過北少林、太極、永春、鶴拳。」

「哇。那不是拳…拳精了嘛。」福貴說。

「不是。都是皮毛。師傅這裡教得最好。什麼東西到他手裡，都串起來了。」
禮夏講話，很像一個師叔。

「這裡強調練功。你好好練，我進去看看師傅。」

「好。」
禮夏把手背在後面，看看福貴，對他點點頭。

青演先生批：

人類社會，是一種階級社會。想要消滅階級的想法，是要人不做人的想法；不但不要人做人，還要人不做動物；因為動物世界，更是一個階級社會。又不能做人，又不能做動物，人要往哪裡走呢？那只有做神了。神，又是唯一而且不允許摹仿的，真是逼得走頭無路了。

第七章【30】喝茶

禮夏有事情，先走。福貴送他出大門，看著他的背影離開。這個師叔，和其他人不一樣。有氣質，不大像練武的。但是說起武術，做起動作，又有板有眼。可能是書讀得多吧。福貴很羨慕這個師叔，他嘆了口氣，輕輕地把大門關上。

在院子裡，福貴專心蹲馬步，拿啞鈴在身前轉動。半小時後，他進屋子，從口袋中掏出一個小皮尺。

「師爺。我的手臂現在有十一吋，不知道什麼時候才…才有十四吋。」

師傅放下報紙。看了看皮尺。

「真有十一吋。我以為你頂多十吋。要練成十四吋，得…得要下苦功。不過，你身高一米七，十二吋也就可以了。太粗…要成大力水手了。」

師傅和福貴都笑了。

「手臂加粗還…還是對的。況且，手臂不會單獨加粗。它要是變粗了，同時你…你的指、掌、腕…都會加粗變厚！」

「師爺。我看見工廠裡老師傅的手，那麼粗那麼厚，會很羨慕。」

「當…當然。那也是一種男性的魅力。有力量嘛。」

師傅去找他的菸。找不到。福貴摸摸身上。

「師爺。我去買。」

「不要。還是少抽。」

師傅喝了一口茶。福貴看著他師爺的樣子，有點出神。

「喝茶有好處。比抽菸好。」

「師爺懂喝茶啊？」福貴問。

「不能說懂。也算喜歡喝。」

師傅又喝了一口茶，把嘴裡的茶葉拿出來。

「茶分生熟。生的比較傷…傷胃，寒；熟的暖一點。其實，也就是茶葉發酵多少的…問題。」

福貴又開始寫筆記。上課兩年，已經有好幾本筆記了。

「南方喝功夫茶。北方喝蓋碗茶。」師傅說。

「功夫茶也…也不錯。一小杯一小杯喝。那是純喫茶。北方的蓋碗茶不同，那不是純…純喫茶。喝蓋碗茶是一種派頭。從上茶，到如何掀開蓋子，吹口氣…喝一口！然後蓋子蓋上，放回小磁碟。有教養的，講究過程裡不發…聲音。流氓，則講究從拿起杯子到放下杯子，發…發出好幾個聲音！呵呵呵。過去的事情啊。」

「師爺。是不是和 DuPont 打火機卡啦卡啦響…一樣？」

「一樣一樣！說得好。都是玩那個派頭。所以我說南方…純喫茶。北方喝茶是派頭。不會把玩杯、蓋、碟那…三件，不…不上檯面！」

福貴把這些事情記起來。

「我…我再跟你說個喝茶的哲…哲學問題。」

福貴提起精神。他讀書不多，在鐵工廠工作。能遇到師爺，算是挖到了寶山。

「從前，有個老頭兒，愛喝茶。那個喝得講究了。從十塊錢一兩，喝到幾百塊，幾千塊。最後，非上萬的比賽茶…不…不喝！你看看這種…喝法。但是，沒有更好更貴的茶了。弄到老頭兒苦不堪言；連那上萬的都喝不出味道了。」

師傅頭往前伸，好像要告訴福貴什麼秘密。

「結果，人家教了他個辦法。就是再去喝那十元一兩的茶！開始時候，喝的真難過啊。好像戒除…毒品一樣！一段時日後，再把級數略…略為提高。心裡就舒服點了。如此這般。這個喝茶的過程…從頭來一次。」

「哈哈！從頭來一次！真是一個聰明的辦法。」

「呵呵呵。是有趣。感覺這件事，受到刺激強度的制…制約。沒有感覺的時候，要打破那個刺激的習慣。就又…又有感覺了」師傅說。

福貴很高興聽到這個故事。

「師爺！是不是人生上很多事，都可以用這個故事來比喻？」

「唉。唉。很多事情都差不多。」

他把頭靠著椅背，緩緩的說。

「就是人生不能從頭來…來一次。」

青演先生批：

中國有個莊子，他是有淑世精神的人。很多人不贊成這種說法，以為他是個驕傲的瘋子。人之常情而論，他可能是瘋子，但是他絕對不驕傲；他很肯救救社會上的愚民。怎麼說呢？他的書多寓言。寓言很難寫，寓言要用譬喻。有什麼事情，直說就好了麼，偏偏社會上的愚民頭腦不行，直說聽不懂。怎麼辦呢？只好繞著彎子說，那就叫譬喻。寫成個故事，就叫做寓言。

第七章【31】伙房

福貴到師爺家，次數越來越多。第一，世雄師傅很忙，沒什麼時間帶他。第二，在師傅公司練拳，也不像話。第三，他這個徒孫，也就是個輩分。他跟誰學，大家並不計較。師爺沒有事情，很願意跟他聊聊天。只是，師爺年紀大了，很多動作做不來，要慢慢講。不過，福貴不在乎。他認為這種教法，是真正的手拉手教。讓他有一種親切的感覺。福貴喜歡師爺，不知道怎麼表達。那天，他帶了一隻雞來。

「師爺！送你一隻雞。」
福貴抓著一隻母雞，拉紗門，進客廳。李師傅真的嚇了一跳。

「怎麼？一隻大活雞啊？」

「家裡養的。好吃。」
福貴站在客廳裡。雞咕咕的叫，還掉了一些毛。

「這樣。你把牠放…放到院子裡吧。」李師傅說。
福貴推開沙門，把雞一扔，雞立刻在院子裡跑。最後，跑到草叢裡。李師傅隔著窗子，看那隻雞。麻煩了！不要說吃牠，抓也抓不住。還會亂拉屎！福貴進廚房，去給師爺倒茶。茶來了，用暖瓶裡的水沖的。水已經不熱，茶葉漂在水面上，不動。

李師傅坐在窗戶邊的椅子上。福貴從廚房端出個凳子，坐在師傅旁邊。

「近來…練的怎麼樣？」

「嗯。師傅很忙。還是靠在這裡練。回去也有練，只是工廠裡很…很累，有的時候忙到全身痠痛。」福貴說。

「累不怕。累和痠痛，在我們練武的而言，叫做換…換勁。你的肌肉筋骨，都會有變化。」

「是有感覺。」

「所以，你在工廠這件事，我很看重。你比其他人更有練…練出來的條件。」

「謝謝師爺。」福貴說。

「拳不離手，曲不離口！聽過嗎？你一天到晚做…體力活，就是在練功。」

福貴沒有說話，看著師爺的拖鞋。

「練拳十年，打…打不過三年戲子！你看那個唱戲的武生，一天練十幾個小時，誰…誰打的過他？職業的！」李師傅說。

「師爺。他們敢打嗎？」

李師傅愣了一下。

「欸欸！好…好問題。哈哈哈。他們基本上不…不敢打！吃開口飯的，膽…膽子小。不過我是講他們的功力。以前我熟識一個練鷹爪的。那個好！一爪抓爛一…一隻蘋果。但是一條，他開舖子賣燒餅。每天，揉麵練…練功數小時！」

福貴看著師爺。小聲的講。

「我來這裡，怕大家看不起我。說我是做工的。其他師叔，都很有成就。」

「哪裡話！」

李師傅喝了一口溫茶。

「行行出狀元。職業絕對沒有貴賤。每一行都有拔…拔尖的人。都是社會菁英。」

福貴點點頭。

「我有個女朋友，下次帶來給師爺看。我們想結婚，但是要等經濟基礎好。」

「做什麼的？」

「也在工廠。」

「好。不要忘記：二人同心，泥…泥土變黃金！」李師傅說。

福貴用力的點頭。

「師爺。我們練的功夫，為什麼都是單操？我看人家，都練一套一套的。」

李師傅拿起茶杯。看著裡面漂蕩的葉子。

「那叫做套路。基本上，都是清朝以後新編的。以前，都是以單操為主。明朝有個戚繼光，打…打倭寇的。知道嗎？你去看看他的《紀校新書》，裡面都是單項的…式子。那是軍隊武術，簡明，實用！」

李師傅再看著他的杯子。

「至於說，打一套一套的拳，顯然…就是表演。什麼人要表演呢？賣的麼！懂…懂嗎？他要賣，就要招引人。高級的，賣藝。低級的，賣藥。武術用來熱…熱場子罷了。」

「好像廣告。」福貴說。

「對！活…活廣告。那當然要好看，才招引人，弄得人眼花撩亂。花…花俏。」李師傅講。

「所以，現在那些拳術的真正祖師爺們都…都是賣藥的？那電影上…」

「假…假的！套好的。所以叫做套路麼。」李師傅講。

「喔。」福貴說。

「但是，套路也不能說完全…無用。它主要是表現各門派的風…風格。」

「風格？」福貴說。

「風格。這個人表演，形意。那個人表演，通臂。又…又上來一個，螳螂。各派的風格就…展示出來了。僅此而已！真正動手，不看招式，完全看功力。」

「師爺。功力就是力氣嗎？」福貴問。

「力量和速度。無它！」
李師傅喝了一口涼茶。

「身體各部分肌肉的…力量和速度。」

「哇。那不是科學了嗎？」福貴說。

「你懂了。所以要單操。把身體一部分一部分的，分別鍛練。」
福貴發現了什麼。

「師爺！我在工廠的工作很單調。也是單操。」

「好！福貴聰明。你會練出來。」李師傅大聲講。

李師傅對於涼茶，有點不行了。招架不住，說…說不定鬧肚子！

「福貴。我今天不知怎麼的，害渴。求…求水。你再燒水，泡點茶。要滾…滾起來。」
福貴去燒水，李師傅不放心。走到廚房。

「響水不開，開水不響。要它冒…冒氣才可以啊。」
現在人都是這樣。社會上分工細，弄到每個人會的事情少。不像以前，人人都會打理自己。也許，是因為抗戰的關係，把人都弄堅強了？那八年，是磨出來一代人。

「師爺。水好了。」

福貴去拿茶葉罐。李師傅看看福貴的手和指甲。

「罐子給我。我自己拿，知道份量。」

福貴給自己到了一杯白開水。

「師爺。本門的基本拳法－射、拋、砍，都是單操。這個單操的方法，是什麼人發明的？」

「少林僧侶。萬…萬宗歸少林麼。」

李師傅拿起杯子，吹他的茶。

「當時。想要到少林學藝，不簡單。進入少林，只能在伙…伙房打雜。練拳？念…念經？想都別想！」

福貴喜歡聽故事。

「進入伙房，只做幾件事。粗活兒啊。啊？燒飯？那又是想…都別想！」

李師傅慢慢的喝了一口茶。

「早上起來。第一。劈柴！」

李師傅站起來做劈柴的動作。

「兩隻手都…都做。看見了嗎？」

「砍！」福貴大聲說。

「不錯。這就是砍的動作由來。劈…劈柴。」

「劈完了柴，燒火。拉風箱！」

李師傅又換了個式子。

「射！師爺！我還以為射是射箭呢？」

「沒…沒有那麼高級。伙…伙房粗活兒。拉風箱。」

李師傅作了個旋展，移形換位。

「苦差事還有。砍柴燒火完了，還要去磨…磨豆子。驢子磨？想得不…不錯。拿手磨－！看見了嗎？」

福貴幾乎要大笑出來。

「師爺。左右拋拳啊！」

李師傅回到坐位上，休息休息。

「給…給你展演了啊。本門基本拳法－射、拋、砍。來自於少林伙房的拉風箱、磨豆子和劈柴。武術來自於生活。人類一切看似高級的活…活動，都來自於生活。」

天黑了，福貴要走。

「師爺。收穫很多啊。」

李師傅皺著眉，笑了笑。是…是嘛？我心裡頭，怎麼還…還是想著那隻雞呢？

青演先生批：

社會上三教九流，彼此間很難溝通。怎麼溝通呢？唯一的法寶叫作誠意。怎麼看誠意呢？就是要站在對方立場想想，對方付出了什麼？那個付出，是珍貴的麼？珍貴有兩種意思，一種是付出者覺得稀有，一種是被付出者覺得稀有。

第七章【32】口訣

第二天星期天，福貴又來了。帶著他的女朋友，錦花。錦花和福貴一個樣子，黑黑的，很老實。

「這是…師爺。」福貴講。

錦花規矩的一鞠躬。

「師爺。我帶錦花來，讓他替您把那隻雞煮好。」福貴講。

「啊。啊。」李師傅一下子說不出話。

鄉下人的熱情，非常直接，跟都市人不一樣。他們常在少規矩中，顯現出一種率性和坦然。

「那真是謝謝了。」李師傅講。

「要怎麼煮？紅燒還是清燉？」錦花講。

「啊。啊。」李師傅又說不出話了。

「我…唉…弄…弄熟了就可以。」

「知道了。」

錦花答應了一聲，就往院子裡跑。李師傅站在客廳裡，有點不知所措。弄熟了也…也是一種吃法麼？怎麼說弄熟了，倒解決問題了呢？

錦華在院子裡學雞叫，李師傅和福貴。在窗子旁邊往外看。

「要不要去幫她？」李師傅說。

「不要！一下就好。」福貴回答的很肯定。

錦花在牆角一個破狗屋旁邊，逮到那隻雞！翅膀一扭，就把它輕鬆的提起來。「做白切雞！」錦花喘著氣，抹抹額頭上的汗。

「好。白…白切好。」

錦花跑進廚房，翻東翻西，乒乒砰砰，好像她家的廚房一樣。

「我出去一下。拿五十塊錢來。」錦花對福貴講。

福貴掏錢。

「我…我有。」李師傅講。

「師爺你坐著。我會處理。」錦花拿了五十塊錢，出去了。

師徒二人，就這樣，讓錦花像司令官一樣的指揮著。坐下，李師傅咳嗽了一聲。

「這個錦花不錯。能幹。」

「嗯。做事手腳很快。」福貴說。

「個性如何？」李師傅說。

「個性還…還好。倒是不會很急。」

「那好。那好。一個太太手腳勤快，個…個性好。哪裡去找？」李師傅說。

「師爺。你上次講的少林伙房功，我都記起來了。」

李師傅在肚子裡嘆了一口氣。這麼好的名兒「三式射抛砍」，被你記…記成了少林伙房功！唉。文化麼，也就是這樣，一代一代，加加減減。

「師爺，有一次，您跟禮夏師叔唸了一首詩，可以再…再跟我說說嗎？」

李師傅歪著頭，哪一首詩啊？我們那一代，倒是講究把經驗編…個口訣什麼的。

「就是講單操，有射拋砍的那一首。」福貴說。

「喔。…鐵門閂，踢掛鏟，一字滑閃，射拋砍！是個順…順口溜。」

福貴嘴裡喃喃的唸著。

「鐵門閂。封、格、擋、架四式，防守動作。」李師傅說。

福貴口袋裡拿出一張紙片。

「踢掛鏟。上掛、中踢、下鏟，三式腿…腿法。」

李師傅繼續講。

「一字滑閃。步法。進退走直線，腳不離地，滑…滑著走。快！」

「師爺。劍道也…也是這樣。」

「對。我們的複雜。滑閃分為：一字、顧盼、雀躍。三…三式。」

福貴停下筆。

「師爺。一字滑閃是前後進退。顧盼滑閃是左右換位。什麼是…雀躍啊？」

「沒…沒有講過？」

「沒有。」

李師傅找他的菸。沒有，算了吧。

「話…話說兩千多年前。趙國廉頗，與藺相如不和。趙國國王對廉頗不…不重用。請他吃飯的…時候。好傢伙。那個老…老廉頗，也七十多了。竟然掉…掉了三次筷子！」

「廉頗是武將嗎？我在歌仔戲裡看過。」福貴問。

「武將啊。武將連飯都不能吃，你說還能打仗嗎？國王說：廉頗老矣，尚…尚能飯否？還能吃飯嗎？侮…侮辱人麼！廉頗老頭兒一聽，火了。站起來，大庭廣眾之間，雀躍三百！像麻…麻雀一樣，跳了三百下！」

李師傅和福貴都笑了。

「記住。古人說：可跳，可滑，就是不能跨！跨啊。懂嗎？」

李師傅站起來。左腳跨到右腳前，右腳又跨到左腳前。

「看見了？跨！動作慢。而且你…上身的架子也都…亂了。」

「所以，哪隻腳在前，就一直在前。有道理啊。可是師爺，外面練…練的拳套，都是一步一步跨著走哩。啊…忘記了。賣藝與賣藥的。」

「嗨。不…不說他們。」李師傅說。

錦花回來了，手上有一袋子蔥薑蒜。沒多久，廚房就傳來了切東西的聲音。李師傅的眼睛，被吸引過去。只見錦花把蔥、薑切好，蹲在地上，正準備殺那隻雞。

「福貴，她行嗎？」

「沒…沒事。師爺。」福貴笑了。

李師傅歪著頭看。只見那隻雞翅膀扭著，躺在地上。喝！那不是六路擒拿手的…黃鶯別翅麼？躺在地上，站都站不起來！厲害。婦女同胞是厲害！錦花把雞提起來，雞頭向後扳，大拇指按住。另一隻手清理雞脖子，一刀！雞血就開始滴在地上的飯碗裡。前後，不到兩分鐘，就把雞丟進一鍋開水，準備拔毛。李師傅看著錦花的動作，想到《莊子》裡的〈庖丁解牛〉。腦子一轉，想到了淑芳，再轉，又想到了明華。男人還是需要女人。那天，明華做的胡椒雞，還可以。

「師爺。可以教我雀躍…滑閃嗎。」

李師傅嗯嗯了兩聲。

「讓你師傅教吧。那個動作，對我而言太…太激烈。」

青演先生批：

禮失求諸也，是一句傷感的話。這句話層次高，不是講人生的起承轉合，而是講文化的成住壞空。生物學家說，沒有物種是永久的，物種會滅絕，或者進化為另一個物種。從一個角度看，文化是平面的；核心文化開始衰頹時，邊遠地區多少還有些繼承。從另外一個角度看，文化是立體的，但是它也有邊遠地區－與精神構築距離很遠的那個地區。那個地區，也會多少還有些繼承。

第八章【33】院子

錦花懂事而能幹。各種零碎，裝在袋子裡，扔掉了；雞血裝在袋子裡，帶走了；白切雞裝在大碗裡，蓋上紗罩。煮雞的鍋子，洗得乾乾淨淨。

那隻雞，李師傅吃得很開心。吃了兩天，完全吃光。錦花的手藝真不錯。肉很嫩，雞皮光滑的貼在雞身上，就像館子裡做的一樣。應該是燙熟的吧？純粹台灣的吃法，好吃。只放蔥薑，白水川燙。蘸著大蒜醬油吃，有一種野味。可惜這種作法，沒有雞湯喝。也好，反正只能要求一樣。不能貪心。下次問清楚了怎麼做；也許，明華還可以替我做？

想想福貴和錦花；一個家庭，一場悲歡離合，看起來又要開始了。咦！怎…怎麼回事？如此悲觀呢？明明是個好事，明明是一種生命的循環，為什麼要想到悲歡離合上面去呢？上了年紀，不能想美好的事，也不能想悲哀的事。隨便想，回憶就來。回憶不怕，怕的是回憶一旦停止，人就掉回可怕的現實裡。記得前幾天，禮夏來，說說美麗懷孕的事。。

「產婦一定要多…多動！動和操勞不同啊。不要操勞，但是要動。尤其是走路。沒事就帶她走路。會…會有幫助。」

「師傅。美麗說您懂得好多。」禮夏說。

「懂！我這個年齡。少說…也有四代了。」

也還記得，當時望著窗外。笑了一笑。笑，真是一種修養。歡樂也笑，痛苦也笑。有事也笑，沒事也笑。四代了麼？可不是。三代都沒見過！沒見過也好。見了，又形成回…回憶。李師傅笑了笑。

這個家，自從淑芳離開以後，就沒有好好打理過。李師傅推開紗門，走下台階，到院子裡。村子裡都是平房，只有隔壁的屋頂露出一角。他走到牆邊，看看縫隙裡長出的一朵小花，想到了錦花。磚牆就是這個好處，本身就有一種裝飾之美。李師傅用拳頭敲了敲牆，牆壁發出鼕鼕的聲音。他順著牆壁，慢慢的走。剛搬來的時候，常跟淑芳在院子裡走動。淑芳不願意出去，說外頭沒有柏油路，灰塵大。李師傅走到大門邊，打開信箱，沒有信。那時候，家裡訂報紙，每天都是淑芳去拿報紙。現在，信箱有點斑駁，大門也有點斑駁。世雄說過好幾次，要來油漆。李師傅都婉拒了，那些斑駁的油漆上面，有很多零散的記憶。當初，那些油漆，淑芳也是看過的？他蹲下來，撿起一點油漆的碎片，把它們又輕輕的放下。

李師傅站起來，看著院子中間的一堆茅草。有多久沒有清除了？七、八年？淑芳走了快十年啊？十年？我也不過活了七十多年。走了有那麼久？七十年的七分之一麼？不要算了。老人拿年紀算算數，是自找煩惱。他順著磚牆繼續走，走到有樹的地方。院子並沒有很大，就三棵樹。那時候，淑芳說「難得院子裡還有樹，給我做個秋千罷？」李師傅笑了。不對！這個話是她說的，還是我說的？是我要給她做個秋千嗎？記不得了。為甚麼總是想這些事情呢？李師傅搖搖頭，走過三棵樹，走到破狗屋那裡。那個狗屋就更老嘍！一黑一白，來喜和來福。狗是好伴啊。就是活得短，到時候也讓人傷…傷感。李師傅從狗屋那裡，回頭看看屋子。還好。雖然舊，還能支持。近來台北市處處建房子，蓋高樓。有建商把腦筋動到台北的周邊土地上。看來，這些平房，早晚不保。

天空難得的藍，午後的陽光，並不刺眼。李師傅深深的吸了一口氣，看著藍色的天空。美麗不錯，跟禮夏兩個人，看來感情很好。世雄呢？和書晴不知道怎麼樣了。好笑好笑！連福貴這個小鬼，都說想結婚。嗯。國威也有女朋友嘛。叫做什麼來著？小婷還是小莉？嗳－！怎麼老是想這些事情？難道我也應該交…交個女朋友？真是莫名奇妙。對了。福貴不是說要…要來麼？

青演先生批：

在中國觀念裡，一個小花園和一幅山水畫，是一樣的。在這個紛擾雜亂的世界裡，能有個地方清心寡慾一下，是無上享受。山水畫是個抽象的休閒天地，別看它掛在牆上，它就像牆上的一扇窗。可以透過那扇窗，臥遊其中。想像力豐富的人，還可以住在裡面。小花園，是那個天地的具象化。古人喜歡在花園裡置入假山，水池，也是對大自然的摹仿。東西方花園的最大不同，就是自然化與人工化。

第八章【34】電話

很難得，亞男打電話來。李師傅有一點興奮。差不多年紀的老朋友，不多了。福貴看到師爺有電話，悄悄的走到一邊。這段時間，福貴在做人處事上，有變化。

「好啊。真是好久不見，有兩年了吧？」李師傅講。

「不只啊。可能有三年了。大哥身體好嗎？」亞男講。

「好。托福。國慶怎…怎麼樣？身體健朗否？」

「也是老頭子了。哈哈哈。大哥。對不起啊。不是說您老。」亞男講。

「哈哈。這種事情不…避諱！妳大概還是青…青春永駐。」
電話那邊傳來爽朗的笑聲。

約在南京西路的天廚，下個禮拜四。李師傅拿了一支原子筆，在牆壁月曆上，畫了一個圈。福貴走過來，看看那個圈。

「師爺。有約會嗎？」福貴說。

「有。老朋友。從抗戰時期…就認識。」

「師爺。你們講話好客氣，好文雅啊。」
李師傅笑了笑。怎麼回答呢？基本的事情麼。現代人對於這些事，都不講究，容易有摩擦。

「師爺。做人是不是很難？」福貴問。

「難！做人難，人難做，難做人。」

兩個人坐下。

「師爺。是不是禮多人不怪？」福貴說。

李師傅拿起桌子上的原子筆，輕輕敲了幾下桌面。眼神銳利的看著福貴。

「禮那個字，是古代儒家的學術重…重點。我們不是儒家，我們不怕別人怪…或者不…不怪。」

「師爺。我們是什麼家？」福貴問。

李師傅的眼神收回，沒有回答問題。眼睛看著窗外陽光下的矮樹叢。

「禮貌是要有的。沒有禮…禮貌，人人討厭。」

李師傅的眼光，回到客廳裡，看著桌子上的原子筆。悠然的，緩慢的講。

「但是，禮貌不…不等於尊敬。禮貌是教養。尊敬，則來自於深…深思。」

福貴沒有聽懂，又不知道從哪裡問起。李師傅抬起頭，對福貴笑了；再拿起原子筆，敲了兩下。

「尊敬，要留給值…值得尊敬的人。」

福貴下意識的點頭。

「要是把禮貌和尊敬混…混為一談，那要受人欺負！別人會把你的善意視…視為懦弱！」

「那禮貌不是有點虛偽？」福貴忽然問。

李師傅猛然站起來。

「哎呀！福貴，你二…二十歲的人，竟然聽懂了！」

「禮貌是絕…絕對的虛偽！是人類社會…發明的社交潤滑劑。不…不是真的。有人以為它是真的，專門講究這個。本門不…不興這一套！」

李師傅反手插腰，在客廳內來回盤旋。福貴坐在椅子上，第一次發現，師爺的身影如此巨大。

「尊敬，要留給值得尊敬的人。」

李師傅又說了一次。

「一個人如果不值得尊…尊敬。他再有地位，再有財富，再有學識，甚至再…再有年紀，我們也不必尊敬他。我們不必因為社會上的階…階級和形象，而尊敬任何人！」

李師傅走向福貴。

「我以前有…有個老師告訴我：吝嗇你的尊敬，正如吝嗇你的感情一樣！你要是覺得，我不值得尊敬，也…也不要尊敬我！」

李師傅顯然激動了。

「那是個好老師，是個偉…偉大的老師。」李師傅說。

「我很懷念他。」

李師傅輕輕的講，緩慢的坐下。他坐得那樣緩慢，像是一個上了年紀的人。

「師爺。本門是不是很久了？」

「久了。」李師傅說。

「我們是一種武士，一種沒…沒落的貴族。」

李師傅看著福貴。

「我們，並不是很適合現代這…這個社會。」

青演先生批：

感情出於記憶。沒有記憶的人，沒有感情。動物世界裡，等級越低，大腦越不發達，記憶越差。烏龜不是沒感情，牠的腦子小，記不住。蜥蜴不是沒感情，牠腦子小，記不住。罵人沒大腦，是說一個人沒有智慧，還是說一個人沒有感情？也許兩者皆是。也許沒有智慧的人，也沒有感情？這個事情，值得仔細想一想。

第八章【35】考慮

禮拜四早晨，李師傅九點鐘就起來了。漱洗乾淨，照照鏡子，還可以。主要就是不能胖，人一旦發胖，就沒有形…形狀。圓乎乎的，人人看起來都一樣；沒有了個性。李師傅攏了攏頭髮，對著鏡子，做了一個張飛捆豬的擒拿動作。還是喜歡這些，武術會跟人一輩子。

本來要吃天廚。昨天晚上，亞男又來電話，說改到信義路的銀翼吧。銀翼也好，離新店近一點。同時，還是喜歡江浙菜。大陸各省跑遍了，要是說到細緻，還是江浙菜。奇怪，以前不是這樣的麼。口味會變！年紀大了，喜歡細緻點的東西。想當年，羊肉泡糢，好東西！一吃三大碗！現在？嘿。來點湯嚐嚐吧。小…小碗的。

到了銀翼，老闆過來打招呼，都是老客人了。李師傅一看，可不是，都是老人。老人懷舊，對新事物的適應性差。李師傅找個靠窗的桌子坐下。

「生意好？發財？」李師傅說。

「托福。托福。」

「早期，銀翼是空軍開的啊。」李師傅說。

「不錯。不錯。」

「這個招牌，是我一個朋…朋友給你們寫的。」李師傅說。

「是的。是的。大師墨寶。大師墨寶。」

說著說著，亞男和國慶到了，前面走著明華。

「大哥。你先到了。真是罪過。」明華說。

明華也來了？哈哈。有點意思。看來是串…串通好了。

幾十年的朋友了，不常見，見了也不拘束。

「大哥。喝一點？」國慶問。

「不喝酒。老…老習慣。」

「大哥。臨時找了明華，沒問題吧？」亞男說。

「沒問題，沒問題。一點問…問題都沒有。」李師傅笑了。

點菜。老板過來。

「大哥點。我們付帳。」亞男說。

「什…什麼話。」

「我來做結論：就這樣，分工合作。」明華笑著講。

「好－。大家還都是老…老樣子。」師傅說。

「老的樣子。」明華說。

李師傅拿過菜譜，又放回去。

「四個人。六個菜，外加湯麵和點心！加工。」李師傅抬頭看老闆。

「好－！」

「風雞，大…大盤的。清炒小蝦仁。新鮮？」

「新鮮！您知道的。」老闆講。

「好。炒鱔糊。香菜要多，最後的熱油減…減半。」

「是。」

「硝肉，四塊。」

「欸。」老闆講。

「雞火乾絲一份。現在你們的乾絲，還…還是手工切的麼？」

老闆停下筆。

「手工。完全一樣。大塊特製豆干，先切片，再切絲。」

「炒豆苗。另外，兩碗雪菜煨…煨面。分著吃。」

老闆都記下來了。

「最後…來一個雜籠。去燒賣，甜的多一份。」

「我要一瓶啤酒。」國慶說。

這頓飯吃得開心。都是大家愛吃的。

「它的小包子還…還是好。」

李師傅夾起一個小棗泥包，放在明華的盤子裡。

「你吃吃看。它打折的地方，平的！絕沒有一個…大麵疙瘩。手藝就看這裡！」

吃完飯，又跟跑堂的要了一次茶。

「這樣。我跟明華去逛街。信義路，有的逛。你們老兄弟喝喝茶。」亞男說。

兩個女人走了。

「也要退了吧？」李師傅問。

「明年。」

「你這個職位，和部長平行。退休金好？」李師傅問。

「還可以。幹了一輩子公務員嘛。」國慶說、

「好了。不要閒…閒扯淡。說…說吧。」

國慶哈哈笑了起來，看看旁邊的一桌客人。

「光棍眼裏，揉不進沙子。」

「小伎倆。」李師傅也笑了。

「沒有事體。亞男想到你啦。認為你一個人，也好幾年啦。老年人，最好不要獨居。有人陪伴，照顧，是重要的。起碼也有人講話。對了。你倒是有學生伴著。不過學生總歸是學生，不能照顧到生活起居嘛。」

「我懂。是有年紀了。有…有感覺。」李師傅轉動著他的茶杯。國慶也轉動著他的茶杯。

「明華要回美國一趟。你知道她紐約有餐廳。也六十幾了，想把它結束。然後呢？回舊金山她女兒那裡。女兒做房地產，不錯。」

「我知道。明華很會規劃她的生活。對了。當年，帶著你們跟日本人，打…打游擊的時候，她梳小辮還是短髮？怎麼想不起來了呢？」李師傅說。

「小辮子啊。唉呀。這個事情也會忘記啊？」

「真的想…想不起來。」李師傅苦笑。

跑堂的來加水。李師傅搖手。

「你想一想。明華兒女都大了。你過去還是她過來，都可以考慮。我們這不叫作媒啊。哈哈哈。不要把我們想成媒婆、媒公。」李師傅點頭，看著國慶。

「我有時候，還…想著淑芳。」

國慶也點點頭。

「你們是患難夫妻。我們都知道。」

國慶喝了一口茶。

「但是，少年夫妻老來伴。沒有錯的，伴侶嘛。明華也不是非你不可。又不是年輕人，說什麼偉大愛情，死去活來。生活嘛。有個認識一輩子的熟人，感覺不錯，談得來，也就可以共同生活。好伴侶嘛。」

「我懂。明華不錯。只是怕兩…兩個人的生活習慣，有很大差距。明華在美國幾十年，這次回來，不過半年多。我…」

李師傅深深看著國慶。

「我這一生…胡…胡來。你們跟我胡來，但是最…最後，都有了安定的職業和生活。我是玩…玩的。懂吧？」

「七十多了，還胡來啊？」國慶又哈哈大笑。

李師傅看著他笑。

「你知道我的意思。」

國慶漸漸停了笑，低著頭看他的茶杯。

「我知道的。你也真是多才多藝，多采多姿。做什麼，一碰就成。成了，又去碰別的，還是一碰就成。不知道羨煞多少人。」

「痛…痛苦萬分啊。不知自己歸…歸於何處。」李師傅說。

國慶抬頭看李師傅。

「你的情況很特殊。我真的沒有見過，像你這樣有各方面才能的人。」

兩個人都低著頭，看自己的茶杯。

「考慮！」李師傅放下茶杯，大聲的說。

「對。列入考慮！這個年紀，任何事都可有可無，不要有壓力。」

亞男和明華回來了。手上大包小包。

青演先生批：

民以食為天。人怎麼可以不吃東西？但是吃東西不一樣，有人囫圇吞棗，求個吞嚥的快感。這種人動物性強，吃東西在於果腹；

以人來講，他們停留在嬰兒期；一切以吃飽為目的。有人品嚐味道，對於吃東西的味覺、嗅覺、觸覺（口感）以至於視覺，都有講究。還有的人呢，是吃給別人看的。吃什麼，在哪裡吃，吃了多少錢，最重要。第三種人，常常自詡美食家，其實層次低下，還不如吃東西果腹的呢。

第八章【36】命運

晚上，禮夏帶著美麗來。美麗瘦，看不出來有身孕。禮夏很幸福的樣子，都寫在臉上。話題，不可能不談孩子。這種事情，第一次，誰都感覺興奮。李師傅，也受到感染，笑得合不攏嘴。想想也是，要是說年齡，不也是重孫麼？

「害不害喜啊？」

「沒有。就是想多吃一點，也吃不多。」美麗講。

李師傅看看禮夏，禮夏坐在沙發上笑。

「那就是你的責任嘍。要讓她多吃。太瘦總是對胎兒不好。生產時候，母親也辛…辛苦。」

禮夏喔了一聲。比平常看起來，要傻一點。作父親都是這樣，對於另一半的改變，充滿好奇。但是，又幫不上忙。男人，大概只有在女人懷孕的時候，才明白男女有多大的差別。李師傅笑了。

「多花心思啊。」

「是。」禮夏說。

話題還是離不開小孩。李師傅抬頭看了看天花板。

「年尾生，今年屬狗啊。屬狗好，屬狗的人忠誠。小孩屬狗，都…都是來報恩的。」

美麗聽了很高興。她喜歡以後小孩幫媽媽。

「師傅，您懂算命嗎？」

「不…不能說懂。不過年紀大了，往回頭看，好像總…有那麼個軌跡可循。」李師傅說。

「師傅。中國的紫薇和八字，是不是統計學？」禮夏問。

李師傅有興趣，準備長談。他去拿他桌上的菸，看見美麗，又縮回手。

「算命一事…」

李師傅拿著打火機，在桌子上輕輕的敲著。

「絕…絕對不是統計學！」

禮夏和美麗，很詫異的看著他。

「統計，是一門科學，首重其統…統計方法！」

李師傅看他們一臉茫然。接著講。

「換句話說。講統計，就要告訴我，如何統計？你的統…統計方法是什麼？沒有具體方法的統計，不是統計。那是假…統計。就好像假科學一樣，打著個招牌。」

禮夏點點頭。

「好。那麼，算命的統計方法是什麼？一天有多少小孩出生？各個都有稀奇古怪的一生，如何紀錄？沒有紀錄就沒有數據，沒有數據，如何統計？根本做…做不到。從人事上去統計，資料零散龐…龐大，統計不出來。」

禮夏從來沒有想過這個問題。李師傅繼續講。

「算命的基礎，應該還是天文學。宇宙的變化，和人生的變化，有一致性。」

話題很嚴肅，但是，禮夏和美麗愛聽。

「準嗎？」美麗問。

「準。特…特別是講過去。有相當的準確性。」李師傅說。

「我認為，算命，將來一定可以由物…物理學解釋。並且，多半和時間的科學有關。你想想，一個人如果坐著時…時光機器，從未來看現代，他不也會給人算…算命麼？」

李師傅停了一下，慢慢的說。

「發生和未發生，存在和未…未存在，恐怕並不是我們想像的那樣。」

「To be or not to be…《哈姆雷特》。」禮夏看看美麗。

李師傅笑了。他知道禮夏這個學文的，並沒有真正明白他的意思。

美麗多情的看看禮夏，禮夏回看；算命的說他們的八字很合。李師傅看在眼裡，繼續講他的。

「算命，是一種傾向。人事的運作，還…還是事在人為。」

「人定勝天。」禮夏說。

「不。人不一定勝天，但是有影響。」

李師傅看著禮夏。似乎回憶著什麼。

「以前，在上海，有個大師給我算命。他沒有多看，就說：少爺！你這不叫有桃花，也…也不叫桃花遍野。簡直是年年…桃花紅豔煞！」

禮夏和美麗，看著師傅，開心的笑了。

「唉唷。那怎麼辦呢？」美麗說。

「我…我不能丟人啊。就…就頂他一句：是她煞我，還是我煞她？那…那個大師立馬正色看我！大約總有三…三十秒。說：你有修行嗎？呵呵呵。」

禮夏皺眉頭，不懂。

「當時在場…人多啊。我想，媽的，是個機會，賣…賣弄一下！

又回了他一句：心迷法輪轉，心悟轉法輪。呵呵呵。《壇經》上的話啊。也真是語驚四座。那個大師…不大好收場。」

禮夏和美麗跟著笑。師傅看看禮夏。命啊。長得太漂亮，以後麻煩可…可多了。他又看看美麗。

回家的路上，美麗在後座抱著禮夏，笑出聲音。

「怎麼了？」

「沒事。」

「有。」

「我覺得…你師傅講…媽的的時候，很帥。」美麗說。

「喔－！妳喜歡我師傅。」

美麗狠狠捏禮夏。

夜深了，李師傅陷入回憶。他點起一根菸，吸了兩口。命運？一個奇怪的東西。推著走！好像很多時候，不能自…自主。李師傅滅了菸，看看窗外的月亮。前面還有什麼等著？他拿起小本子查號碼，打了個電話，給明華。

青演先生批：

命運是怎麼回事？多少人想要理解命運，掌握命運。命運是一種天機麼？如果是的話，最好不要想太多，不要追根究底。不是說窺破天機麼？那是不好的，被命運之神知道，他不高興的。一不高興，就要拿出硃砂筆，給你改一改了。算命的最懂命運了，但是，他們跟命運之神，不是好朋友。

第八章【37】送機

明華要回美國。留在台灣，也是處理一些銀行的事情。半年多，該回去了。

明華是女強人。在紐約的時候，做過女工，開過洗衣店；最後，開餐館成功。但是，年紀也到了。在台灣，明華住在一個親戚家裡。離開的前一天晚上，她請親戚一家子，去喜來登吃歐式自助餐。明華對於這些場面禮數，都很周到。回到家，女傭說有個李先生打電話來，祝她一路順風。明華拿起電話，打到新店。

「大哥。是你打電話嗎？」明華說。

「是我。是…是我。祝你一…一路順…順風。」李師傅結巴的厲害。

「謝謝。多年不見。這次回來，印象很好。看見老朋友們都好，心裡也高興。」

「欸。是啊。是啊。」

「明天我下午三點的飛機。飛二十幾個鐘頭，西雅圖 stop over。也很累的。」

明華吸了一口氣。

「我紐約的事情，要結束掉。以後回來的機會，會多一些。」

「大哥如果要什麼東西，隨時告訴我。我回來的時候，帶回來。」

「大哥要保重身體。看你一個人住，還是擔心的。」

明華一個人講了半天。

「大哥？大哥？」

「嗄？嗄？我…我明天…送妳。」

電話那邊的聲音，有一些急促。

青演先生批：

觀察人，要從小地方，小地方不騙人。人的言行舉止、穿著打扮都是習慣。人的違背習慣，就是物理的違背慣性。習慣或者慣性，怎麼能夠違背呢？那就是故意的了，假裝的了，演戲的了。大處可以裝可以演，小處不行。觀察人，要從小地方，小地方不騙人。

第九章【38】畫畫

不知怎麼的？心裡有點亂。其實，怎麼會不知道？不要多想！不要把那團亂具體化，不要把它打開。因為，那團亂，會變成聲音，會變成影像，會變成…各種清澈的理由。李師傅拿出筆墨，又從桌子的玻璃板下面，扯出幾張破紙。

他慢慢的倒墨汁，用筆舔著墨，輕柔的在硯台上轉著，直到驚覺。在幹什麼呢？莫…莫名奇妙！李師傅把紙攤平，畫了幾筆蘭花。不…不對。心情不對！喜氣寫蘭，怒氣寫竹。心中沒有歡喜，如何以蘭…蘭草應之？寫竹吧。雖然也沒有怒氣。或者，可以利用怒氣壓過鬱悶？明華，她快到紐約了吧？

禮夏來了。看見師傅畫畫。

「師傅畫畫啊？我只知道您會寫字和作詩。」

「鬧著玩玩。中國講究詩…詩書畫嘛。」李師傅講。

禮夏很想多談。

「師傅。我大學唸中文。現在唸藝術碩士…」

「我知道。」李師傅沒有抬頭。

「中國的藝術，是不是比西方好？」

李師傅看著禮夏，把筆停下。

「沒什麼好不好。中國講究游於藝，玩的麼。不過，三者合一倒是很…很好，很完整。詩是文學，書法和繪畫是藝術；書法抽象，繪畫具體。三個加起來，可以完整的表現內心世界。可以玩得很深入。」

懂這麼多？禮夏好奇的眼神，李師傅看見了。

「我小時候，畫…畫過。玩！」

禮夏興致高。

「師傅。那您還是藝術家嘍！」

「藝術家？藝術家，首重表現內心世界！藝術家，不就是把內心世界攤…攤開給人看的麼？像個小狗躺著…四腳朝天；希望別人愛看它的肚皮，而有…有名有利。不是麼？」

禮夏好像被狠狠打了一棍子，感覺暈眩。可是，隱隱約約，又好像有一點光，在腦子裡緩緩前進。師傅把紙揉成一團，丟到桌子旁邊的字紙簍裡。

禮夏沒有說話。看著地，很久。抬頭看著窗外，很久。回眼看師傅，師傅悠閒的吸著菸。

「師傅。您是不是…很討厭文的東西？」

李師傅早知道了。他不經意的傷了人。而且，可能傷得很重。

「不。文太重要了。文化，是人類最重要的遺…遺產！」

禮夏沒有說話。師傅繼續說。

「文與武，是中國自古就強調的事。韓非子就說過：儒以文亂法，俠以武犯禁。聽過麼？」

禮夏點點頭。

「韓非子。韓國的貴族！寫了《韓非子》一書。他是中…中國的馬奇維利！霸氣！秦始皇看見他的文章，歡喜的不得了，非要把他弄來。為了他，還發…發動戰爭。你說，韓非子與秦始皇那樣的人，怕文…文人什麼？你想一想。」

禮夏還沒有恢復。沒有辦法想，呆呆的看著師傅。

「因為那個文，不…不等於現在的文。現在的文，是文化藝術的文，溫文儒雅的文。古代那…那個文，是一種武器。武可以犯禁，可以冒犯禁令；文可以亂法，可以擾亂法紀。你說文是什麼？韓非子怕的文…是什麼？」

「我不知道。」禮夏不能思考。

李師傅站起來，走到禮夏面前。彎著腰看禮夏。像一隻獅子，看著一隻小羊。

「暴力！都是暴力！武是赤裸的暴力！文是包裝的暴力！武是肢體的暴力！文是語言文字的暴力。呵呵呵。不…不要輕視文！文，非文學藝術家能談的事啊！」

「師傅。古代的文，是不是今天的政治和法律？」禮夏忽然發問。

李師傅吸了口氣，明顯的控制著自己的情緒。緩緩走回座位，把菸架在菸缸上。坐下來，交叉雙手，放在肚子上。

「我們師徒，說了一段兩千年來沒人說的事。你要是可以接受，可以慢慢再再往裡面探…探索。我們可以說得更多。」

李師傅盯著禮夏。

「你的悟性很強。」

禮夏沒有回應什麼。那種感覺，像是…剛認識美麗的時候。腦子空白，不知所措。說不上迷惑，因為，不能思考，沒有迷惑的空間。

「慢慢來。慢慢來。」師傅講話，有心疼的意思。

青演先生批：

壞情緒最不好，剎那的壞情緒不處理，會變成壞心情。長期的壞心情不處理，會變成壞個性；或者，至少產生心理疾病。跟壞心情最有關係的心理疾病，是憂鬱症與恐懼症。其實，憂慮與恐懼有程度上的關係。憂慮久了，就恐懼了。人要總是活在恐懼中，那就還不如動物了。佛教的六道輪迴，畜生排在地獄前面，是有深意的。

第九章【39】大小孩

禮夏從來沒有這樣難。二十幾歲的人，沒見過世面，沒經過風浪。唯一讓他受不了的，也就是認識美麗時，兩個人見不著，心裡翻攪得厲害。但是，那種翻攪，是一種情緒。情緒總是短暫，見了面，心裡自然就舒坦了。可是今天，師傅對他說的話，好像跟情緒無關。師傅的話，把他的一種理想打破了；把他的追求，他的規劃，他的價值觀都打破了；把他的神，推下了祭壇。

美麗聰明。看見禮夏那個樣子，知道有事情發生。

「怎麼啦？」

美麗揉揉腰。有時候，有感覺了。禮夏沒有說話，鼓著嘴，搖搖頭。眼睛直直的看著前面，也不知道在看什麼。美麗要走開，禮夏把她拉住。

「我好難過喔。」禮夏說。

「什麼事情嘛？」

「去會館，師傅跟我談藝術和文化，結果，太讓人受不了。」

「怎麼說？」美麗說。

禮夏嘆了一口氣。

「也沒什麼…只是，我們的認知，差距大極了。」

美麗還是不知道他們師徒說了什麼。不過，以她對丈夫的了解，以一個女人的早熟和實際，大概也可以猜個幾分。她沒有再問什麼，淡淡的說。

「你喜歡讀書，我都依你。只是不要變成書呆子。要知道，社會和學校差很多的。你師傅又不是教授，他是很江湖的人。你多聽聽，也許對你的學術和藝術有幫助。不要心煩嘛。好不好？」

「好。」

禮夏看著肚子有點鼓的美麗。眼睛有點紅。

「你懷孕那麼辛苦，還要安慰我。我是不是很不成熟？」

美麗去抱禮夏。拍拍他，摸摸他。心裡想，男生都是大小孩。

青演先生批：

蛻變是痛苦的，蛻變也是危險的。看看低等動物的蛻皮，就可以知道一二。長大了的身體，包裹在舊軀殼中，很難受的。舊軀殼破裂，很難受的。掙脫舊軀殼，也很難受的。掙脫之後，更要快速的完成變化，否則那個嫩嫩的身體，是其他動物的美食。人類的蛻變不在身體上，而在腦子裡。那種觀念思想上的蛻變，也會把人脫殼般的撕裂。撕裂之後，如果不能快速由其他觀念思想代替，人就迷失了。所謂神不守舍，所謂六神無主，就是那種狀態。人腦子裡的那個神，就是觀念思想。失去了，就如同電腦被抽掉軟體一般。

第九章【40】結晶

美麗的預產期接近了。禮夏聽師傅的話，沒事就帶她走路。美麗覺得很窩心。女人還要什麼呢？女人很簡單，就是要心裡有個男人。心裡要有男人，是女人的基因指令。大學時候，美麗參加過成長社，女知青社。那裡的女人，義憤填膺的講男女的不平等，講女權運動。但是，美麗認為，那是理論，並不實際。那些女強人，多是未婚或離婚的。一個女人把她的痛苦變成學術理論，強硬的倒給其他快樂的女人，名曰分享；並且把其他女人的快樂稱為懦弱，並不是很厚道。美麗嫁給禮夏以後，對於婚姻，觀察很久，體會很久。她知道沒有嫁錯人，那是一個可以填滿她心的男人。她決定，要做小女人；決定，要扮演好小女人的腳色。她不要公平，不在乎別人的說法。她只要，心裡有個人。她願意，跟著她的基因指令，走過一生。

禮夏有點忙。學校的功課，並不是很輕鬆。除了正式的理論課，他還要去畫畫。晚上，除了讀書，就是陪美麗。美麗懷孕後，兩個人的溝通方式有改變。小孩是個重要話題，它常常踢媽媽的肚子。禮夏喜歡親美麗的肚子，告訴她，他有多愛她。愛的結晶？一點不錯。孩子應該是愛的結晶。第一次去看婦產科的時候，醫生說過，並不是每個懷孕的 case，男女雙方，都有那麼幸福的表情。美麗想，孩子在兩個人充滿愛意的情況下產生，出生，應該也是個幸福的孩子。

那天晚上，在公園散步。

「你很久沒去會館看師傅了？」美麗說。

「嗯。」

「怎麼說？」

「忙一點。另外，我想整理一下。」

「嗯？」

禮夏看看美麗，路燈下，美麗的臉發出柔和的光；女人和媽媽的光。禮夏看得迷惑，想要親親美麗。

「ㄟㄟ！幹什麼？要親回家親。講你師傅講了一半。」

禮夏回過神。

「師傅…好奇怪。」

「怎麼說？」

「我有一種…不知道他是誰的感覺。認為他是這種人，認為他是那種人，好都像不對。」

美麗看看四周，踮起腳，親禮夏的臉一下。

「你師傅是個很豐富的人。不過，我覺得最特別的，是他不像其他人經歷多了，滿腹牢騷，或者滿臉風霜。我覺得他很自在；很豐富，但是很自在。」

「對耶！很豐富但是很自在。很悠閒！我跟你說哦。我認為他有一種思想！好像…他的所作所為，都受那種思想指導。什麼思想？我也說不出來。不過，和我們一般人不同。對耶！就是這樣！他為甚麼這麼老神在在啊？」

美麗看著禮夏笑。

「記得我說看見他，好像打開教堂的大鐵門，伸頭向裡面看嗎？」

禮夏搖搖頭。不記得了。

「你就慢慢挖吧。他應該是個礦。」美麗說。

「我還是要…先整理整理。好像我的學院派知識，在他面前，總是不堪一擊。被打的落花流水。」

禮夏拉著美麗的手繼續走，喃喃自語。

「我好像…真的遇到了一個高人。」

青演先生批：

女人懷孕了，是最美麗的，是最勇敢的；或者說，是最奮不顧身的。她的心裡面，只有孩子。她可以跟外界完全切割，包括那個孩子的爸爸－甚至可以跟自己切割；自己的一切，過往與未來，都拋到九霄雲外。那是人類最為無私的一種情懷，所以，我們歌頌母愛的光輝。當然，那種光輝，是由基因指導的一種荷爾蒙作用。專業人士說，那種作用維持七年。

第十章【41】慣性

禮夏每個星期去會館好幾次。停留的時間，也越來越長。有時候下午去，到半夜還不回來。美麗倒不在乎。美麗婆婆擔心兒子，好幾次過了十二點，忍不住去催人。婆婆很好奇；七十幾的老頭，怎麼吸引二十歲的小伙？

「個人魅力吧？」

有一次，美麗這樣回答婆婆。說完了又後悔，好像，其他老人都沒有魅力。

禮夏來找李師傅，原本為了武術，沒想到越聊越多。禮夏漸漸覺得，不能把師傅看成武師，或者江湖人。他似乎有一種思想家的味道。也許，他根本就是一個思想家。一個…落單的思想家。

這天，禮夏把他畫的畫拿給師傅看。

「好－。吳昌碩啊。筆力渾雄！」

「還在學習。」

「不。有…有天份。」師傅說。

禮夏看了師傅一眼。

「師傅。您上次說小狗亮肚皮的事情，我想了很久。」

師傅搖手。

「上次是我不對。我的毛病就是太…太快。」

禮夏著急起來。

「師傅。我不是這個意思。您的說法，在學校沒有人這樣講。」

李師傅看看禮夏。

「學校是個象牙塔，外…外國人講的。不進去，想進去。進去，又出…出不來。不是說學校不好，講專業知識，非學校不可。講社會人生，學校顯然和實際有…有距離。」

「那怎麼辦呢？」

李師傅笑了。

「我們不是常聊聊講講麼？可以補你的道…世二法。」

禮夏聚精彙神起來。

「道世二法？」

「道世二法。本門主要修習功課，是道世藝三法。我講…講過麼？」

「沒有！」禮夏去翻他的筆記本。

李師傅點點頭，看看桌子上的菸。

「道世藝三法好啊，簡要！咱們先…先講藝法吧。藝法就是本領。人活著，都要有吃飯的本領，謀生的本領。以本門來講，武術，就是你的一種本領。當然你還可以有其…其他本領。」

禮夏點點頭。

「好。經過三年四個月的學…學習，出師！有本領吃飯了。但是你心裡總是不…不愉快，不正面，不想做事。你說你的本領再好，有…有沒有用？」

「本領再大也不能發揮。」禮夏可以體會。

李師傅作了個同意的表情。

「因此，還要修道法。道法就是心態，一種正確、正面的心態。否則，心裡總是彆扭。那一切都免談，你有三個博士學位也沒有用。是不是？」

禮夏覺得很有道理。他把道和藝的關係，整理一下，記在筆記上。

「我們再…說說世法。世法就是應付人的方法，也就是人情世故。你有了學問本領，心態也很正面，可是不會處人，和人的來往不行，你的人生還…還是困難重重！難道要抱著你的學問本領，去做隱…隱士麼？所以，道世藝三法，是人一輩子要修習的功課：心情心態、人情世故、學問本領！」

禮夏放下筆記。

「師傅。您的道世藝三法，好完整嚴密，可是又好簡單啊。」

「簡易，不易。是談思想的基本要求。」

「天啊。師傅你是個哲學家。你的道世藝三法，簡直是一種…成功哲學哪。」

「我從來不談哲學。」師傅說。

禮夏又迷糊了。

「好的思想，是從人生實踐中得來的。它必須管用！哲學？是哲學家在書齋裡空想出來的！那個東西不…不大管用。」

禮夏有要站起來的衝動。

「師傅。你說思想和哲學的差別，是不是…就是社會和學校的差別？就是大家說學校是象牙塔的原因？」

李師傅笑了笑，沒有說話。他覺得禮夏想得很好；但是，他又覺得，那個最關鍵的事情，不應該由他說破，應該由禮夏自已去慢慢體會。

「可是，改變好難啊。」禮夏說。

「慣性！」

李師傅看看桌上的菸。真有一段時間沒抽了。

「看…看見麼？」

李師傅拿起那包菸。

「我的眼睛老是想看…看它。我的手，老是想拿它。那就叫慣性。已經抽了幾十年了麼。不抽？難過！要把慣性打破，就像是煞車一樣，要給它一個力。」

「一個力？」

「一個力。一個反方向的作用力。」

師傅把菸「啪」的一聲扔回桌上。

禮夏看著師傅。

「師傅。您好像什麼事情都可以用科學解釋。」

師傅看著禮夏，露出奇異的表情。

「除了科學的解…解釋，還有什麼解釋？」

禮夏深深看著師傅

「您說的慣性，就是人的習慣吧？」

「我說的是習慣。」

師傅也深深看著禮夏。

「教育就是養習慣。改變也…也是養習慣。」

青演先生批：

人都會胡亂想事。如果，不胡思亂想，有條理的想，那就是思想家了？當然，有條理的想，也未必是思想家。除了有條理以外，還得有道理。有條理的未必有道理，有道理的一定有條理。條理，是思路的清晰問題。道理，是有用的答案問題。條理與道理的不同，或者像是，哲學家與思想家的不同罷。

第十章【42】菁英

美麗的生理、心理都很穩定。禮夏陪她，很好。但是她需要獨處。身體裡有個小生命，對女人來講，是奇異的經驗。美麗喜歡一個人，對她的肚子講話。

「不要一直陪我。下課以後，有什麼活動，去參加。好不好？你有兩個禮拜沒去看師傅了。」美麗說。

禮夏看著美麗，他的小妻子。愛情也是一種習慣，只要不斷的付出，就養成了習慣。禮夏想到師傅說慣性的事情。他不怕養成愛美麗的慣性，他願意被養成慣性，他不要停止。

「去會館，看看師傅。聽話。我今天想一個人。」

下午，禮夏去買了一本筆記本。到師傅家，師傅在院子裡，看牆角的蘭花。

「師傅，沒有休息？」禮夏說。

「不休息。我睡得晚，十二點以前不…不起床。壞習慣，可不要養…成。」

禮夏想到她和美麗的愛情。很好，愛她，是一個好習慣。

「進來坐。」師傅說。

進了客廳，老樣子。桌子上有一盒牛乳糖，外國牌子。禮夏很少看見師傅家有零食。事實上，除了喝茶和抽菸，禮夏很少看見師傅吃東西。

「打開吃。有朋友從紐約託人帶…帶來的。吃吃看，那個牌子，我從小就歡喜。」

「啊。紐約來的糖？」禮夏說。

「是啊。糖。也…也就是一點心意。」

師傅答非所問，避開禮夏的眼神，看著窗外的天空。

「要喝水。自己去倒，這個東西的糖…糖分重。」

禮夏給自己倒了一杯水。師傅有茶，在桌子上。

禮夏拿出新筆記本，有厚厚的硬皮。師傅注意到。

「漂亮啊。」

「新買的。您上次講的事情，我很重視。我要用一個好的筆記本來抄。好內容，要好形式配合。」

禮夏把藝術理論上的東西，現買現賣一下。

「形…形式重要。形式主義討厭，但是形式重要。形式不可廢。」

師傅笑了。

「你看那當兵的。在社會上，無論多麼桀驁不馴；進營房把頭一剃，丟個帽子給…給他，都乖得很。那就是形式。形式即是形勢，形勢比人強。」

禮夏腦子裡，想著教授說形式和內容的問題。先抄下來，慢慢消化。

「師傅。上次您說的道世藝三法。是人應該學習的三種東西…」

師傅打斷禮夏。

「是三個項目。教育，不離這三個項目。但是，現在的教育是國民教育。不講這個。你大學不是中文系嗎？那…那是你的藝法，將來的吃飯本事。但是，學校不教道法和世法。」
禮夏忽然想到什麼。盯著師傅，自言自語。

「道世藝，是不是有點像…傳道，授業，解惑…？」
師傅拿起茶杯，沒有喝，也在想著。

「不像。道世藝是實際的社會本領，不…不談哲學。傳道，授業，解惑…集中在儒…儒家的學問上。是不是這樣？你…你應該比我懂得多。」
禮夏點頭。

「那麼，道世藝三法的內容是什麼？我們應該具體的學什麼…」
禮夏的學術訓練沒有白費，問得很犀利。

「武兵禪三學！道世藝三法，相對武兵禪三學！」
師傅把茶放下，答得快速。一點不給禮夏機會。

「武兵禪？」
禮夏完全沒有料到這個答案。

「簡單明瞭！滴水不漏！本門的道法，即是以禪修心。世法，即是以兵應世。藝法，則以武養身。人生修此三學…三法，無往不利。把你放…放在社會上的哪一塊，都是人才！都是菁英！」
禮夏看著師傅發呆。

青演先生批：

作老師真不容易。想把知道的教給學生－怕教的太深，讓學生誤會；怕教的太淺，讓學生看不起；當然，更怕教的太多，讓學生超過。教什麼呢？傳道授業解惑什麼呢？無非是為學生好吧。這個好字真是難講，什麼叫作好呢？以前有個學者，教學生要做少數人。那個學者講話，就很含蓄。

第十章【43】內心的世界 1

沒有錯！是遇到奇人異士了。人生亂烘烘的，一個階段一個階段。哪裡有人能夠真正一以貫之？想法不同了嘛，態度不同了嘛。但是，師傅的道世藝三法：禪修心、兵應世、武養身，似乎把人生真的貫穿起來了！一個人一輩子，就在這三種範圍內推敲，琢磨，應該…人生就是如此了。禮夏花了完整的兩天，把師傅的話，和他的學校知識好好聯想、比較。他認為，師傅的話，接近人生真相了，接近真理了。有點…像是宗教啊！只是，師傅的道理中沒有神，有的，只是嚴格的邏輯和…科學？怎麼又想到科學了呢？科學的人生？科學的了解人？人只是一種動物？高級的動物？天啊！

禮夏翻開他的筆記本，加入很多想法，用小字寫在每一頁的邊上。

「在用功嗎？」美麗問。

「不是。在想問題。」禮夏說。

「跟妳說。我終於知道師傅怎麼回事了。他的腦子裡面，有一個系統。」

「系統？」美麗問。

「嗯！有一個思想系統。他做事、想事、講話都受一個系統指揮。」

「嗄？你說他是機器人嗎？外星人嗎？」美麗說。

「不是啦。我是說，他為甚麼總是老神在在，可以那樣有條理的解釋和解決問題，因為他的腦子裡…有一套東西。」

「還是不懂。每個人的腦子裡，不是都有很多東西嗎？」美麗說。

「不是！他的腦子和一般人不一樣。」

禮夏說得斬釘截鐵。他把頭仰起來，雙手交叉扶著後腦；用他的學術訓練，準備找一句最恰當的話，說給美麗聽。

「這樣講。他的腦子裡，有一種非常有效率的機制。那種機制，是一種思想的結構。通過那種結構看事情，清澈而準確！對！是有點像機器！」

「天啊。你還是說他是外星人嘛！他到底跟你說了什麼啦？」

「武兵禪。」禮夏說。

已經十點多了，禮夏還在聽師傅講話，不想回去。

「你該回去了。家人在…在等。」

「沒有關係，我說過了要晚點回去。」禮夏說。

「嗯。對了。美麗可好？」

「好。應該快生了。」

李師傅點點頭。不知道從幾時開始，對於誰家生小孩特別有興趣。生命麼。生命的誕生總是可喜的。雖然，都是一場荒謬的喜怒哀樂，但是，還…還是可喜。李師傅想到禮夏和美麗會有個小孩，竟然不自覺的微笑起來。

「師傅。武兵禪和道世藝的關係，您能再說一次嗎？」禮夏問。

李師傅回回神。

「道世藝是個名稱，它的實際內容是武兵禪。道法的內容是禪學，世法的內容是兵學，藝法的內容是武學。」

禮夏打開筆記本，慢慢的看著。

「所以，您的意思是，通過武兵禪的訓練。經過這種以禪修心，以兵應世，以武養身的訓練，人可以活得更順暢。」

「對！活得更順暢，更容易成功。」

「兵是兵法嗎？」禮夏小心的問。

「兵法！」師傅喝了一口茶。

「兵法和武術相通嗎？」

「完…完全相通。鬥爭之學！」

禮夏看著師傅。他發現師傅一點也不老，他發現，他面對著一個，男人。一個充滿男性魅力的，男人。

「這些東西，都是點點滴滴。要說，也一下子說…說不完。我看…」

「師傅。您給我一個基本的架構好不好？」

李師傅看著禮夏。其實，還是擔心時間晚了。前一陣子，老太太打過幾次電話催促回家，總是…不大好意思。可是，他看著禮夏的眼神；又覺得，或者是個傳人麼？喜歡談結構的人，腦子都聰明！

「好。我先跟你說說藝法，關於武這個字的問…問題。」

李師傅喝完了最後一口茶。

「師傅。加水？」

「好。」

禮夏去廚房拿暖瓶，續上熱水。

李師傅拿起茶杯，吹了吹，又放下。

「你來這裡習…習武，武這個字，我們說得多。但…但是，在藝法裡的武，意義要廣泛。」

禮夏聽著。師傅講。

「藝法所說的武，並不只是打拳而已。它的意思十…十分古老，我們又要說回文、武的原始意義去了。」

師傅接著講。

「韓非子說：儒以文亂法，俠以武犯禁。文是包裝過的暴力，武是赤裸裸的暴…暴力。」

「師傅說過。」禮夏說。

「因此，我們所謂的武，即是暴力。它包括了包裝暴力和赤裸暴力，它包括能夠亂法和犯…犯禁的兩種能力。」

「所以，藝法的武，是指暴力；包括了古典定義下的文和武。」

「對！講得很有條…條理。」師傅說。

「師傅。您的思維好細，境界好深啊。」

李師傅沒有理會禮夏。

「一個人，一個男人，在社會上總要有謀生的…方法。這個方法，就是藝。無論是文的藝還是武的藝，推到極致，都是一種獲利而養身的方式。其實，都是暴力。你把它打…打開看，都有暴力的意味，只是多少而已。」

禮夏沉思了。我學的文學是暴力嗎？我學的藝術是暴力嗎？推到極致？因為暴力而獲利養身？太深入了，沒有人這樣想事情的。但是，說過師傅老神在在，清晰準確。難道，一個人要這樣的深思，這樣的否定一切再建立一切，才能真正成長？好可怕，還是好可喜？禮夏抬頭看師傅。師傅，在那裡，還是師傅。

師傅又去拿杯子。燙！再度的，放了回去。

「一個人，有了可以謀生的本事，一種含有暴力性質的本事之後，便要去面對社會。這裡，就進…進入世法的世界。世法，就是如何運用藝法的方式。」

「就是，如何運用一種…寬鬆的暴力方式，面對世界。」

師傅點頭。這個孩子是聰明啊。

「世法，是一種規律，一種人心互動上的規…規律。」

「師傅說過，世法就是兵法。」

「兵法！藝法要自己去苦…苦練。世法可以採取別人的經驗；人類歷史上，長時間人心互動的經…經驗。」

禮夏皺了皺眉頭。這個難了，就是沒有經驗啊。師傅似乎知道禮夏在想什麼。

「中國講兵法的書多啊。」

「如何入手呢？」禮夏問。

「《孫子兵法》入手！偉…偉大的兵法之書，偉大的世…世法之書。」

禮夏看過《孫子兵法》，好像，並沒有什麼特殊的感想。

「《孫子兵法》。太好了！了不起的思想，了不起的文學！」

禮夏又皺了皺眉頭。了不起的文學？真沒聽過這樣講的了。

「了不起。鏗鏘有力！擲…擲地有聲！」師傅說。

「你回去買了自己看，試著了解，便宜的書！你…你知道？《孫子兵法》對中國的政治，商業，甚至醫學都有影響。那種簡易而普遍的道…道理。太…太棒了！」

是嗎？有這麼好嗎？禮夏有貪心的感覺。

「師傅。我會回去買一本看。您現在…能給我簡單的講一講嗎？」

師傅拿起茶杯，喝了一口。

「老子說：五色令人盲，五聲令人耳…耳聾。孫子說，兵法不需要五，二就可以…奇正而已。他說：奇正相生，如循環之無端。厲害！更為簡潔，更為原始！」

「原始好嗎？」

「好－！在鬥爭之學上，越原始，越…越接近自然法則！」
禮夏在筆記本上寫下「兵法」，然後寫了個大大的「二」。

「這個…二的道理，是一切兵法和世法的基礎。不過，也不能說是孫子發…發明的。因為《易經》就講二的道理，不是一陰一陽之謂道麼？唸…唸過麼？」
禮夏搖搖頭。現在的學校，和以前有很大的不同了。

「奇正相生，如循環之無端！太厲害！世…世法盡在其中矣。」
禮夏拼命抄筆記。不能消化了。但是，他知道，今天師傅傾囊相授。替他把很多事情串了起來。

青演先生批：

心不容易打開。這個事情跟智商沒有關係，跟見識有關係。怎麼能有見識呢？三個辦法。第一，勤讀書。第二。入社會。第三，遇見有見識的人，並且，還要有機緣；人家願意告訴你，願意作你的老師。這三件事都難。多少人勤讀書成了呆子，入社會成了痞子；至於說，遇到好老師，呵呵，那可是難上加難。那要有機緣，那是前世修來的。

第十章【44】內心的世界 2

窗子外面傳來了蛙聲。相對於台北市，新店是鄉下。更何況，這裡又是新店的鄉下。夜真的深了，流星會館，是村子裡惟一透出燈光的房屋；如果從空中鳥瞰，流星會館，可能是這個地區僅有的一點光。誰又知道，在這一點光下，一個七十多的老人和一個二十小伙，在談論人生的大道理，談得那樣有深度，那樣有高度…在眾人已經入夢的，黑暗時分。

禮夏發現，他的新筆記本已經用了三分之一。禮夏的字寫得很大，那也是師傅教他的。筆記，是幫助記憶的工具，不是個藝術作品。字寫得工整細小，小到自己也看不清楚，有什麼用？只是為了滿足虛榮心罷了；顯得自己多麼認真聽講。人生該認真的地方太多了，不要把過程當了結果，不要把精力放錯了位置。有一次，師傅這樣說。

禮夏又給師傅加了一次水。對了，幾乎沒看過師傅去洗手間；老人不是都有這些問題嗎？師傅的身體狀況，是不同於一般人。師傅喝了口茶。

「既然講開了，就把它講…講完。」

禮夏拿起筆。

「當一個男人，有了文藝和武藝，也有了鬥爭之法，仍然不一定能順利的發展。你想，一個人有再好的本領，再好的發揮機會，可是他心裡亂，沒事東想西想，煩惱的不…不得了。」師傅說。

「女生特別是這樣。」禮夏笑著說。

「不對！不要認為女…女生才是如此。沒…沒有經過鍛鍊，每個人都是如此。千萬不要大…大男人主義。」

師傅起身，把窗子關起來一半，有點涼了。

「藝法和世法，有本領和運用本領，都是對人的鬥爭，都是對外在世界的鬥爭。可…可是這個心亂問題，是對自己的鬥…爭，是對內的鬥爭。看…看見麼？又出現了二！內外就是二。二這個數字，不但是兵法、世法的基礎，也幾乎是宇宙一切道理的基礎。」

師傅講話，很少走野馬，他立刻把話題拉了回來。

「心亂是根本問題，一個人心亂，藝法、世法都不發生作用，人從裡…裡面出了問題，還鬥甚麼鬥？」

確是如此。太根本的問題了。禮夏把筆記翻到新的一頁。

「古…古人說：定靜安慮得，應…應該是《禮記》吧？」

「《禮記》。」這個禮夏知道。

「說得不…不好。空洞！沒有實際上的解決方…方法。你說說，如何定？」

禮夏想想，如何定？不知道。

「人的心亂，是一種化學變化，一種荷爾蒙的…混亂。是腦子的放…放電有問題。絕對不是什麼哲…哲學問題！」

禮夏真的開心笑了。天啊！兩千年前的古書，可以和科學發生關係，可以用科學來解釋與批判。師傅的知識，真是通的、活的。師傅的知識…不分區塊！對他而言，知識就是知識，同屬於一個大範圍。知識，就應該可以相互溝通，相互對話。不對話？是不敢對話吧？是有什麼不敢對話的理由吧？不敢和其他知識對話的知識，是封閉的知識，是死的知識！禮夏發現，他有點不同了；想事情的方式，和師傅越來越像。有一個畫面，悄悄的飄過禮夏的腦海：武俠小說裡，師傅用手抵著徒弟的背，灌給徒弟一甲子功力。

師傅繼續講，禮夏再專心起來。

「古代文明中，印度最講心的問題，也講得最…最好，最有方法。」

師傅喝了口茶，把葉子從嘴裡拿出來，放進菸灰缸。

「本門的道法，安心之法，是禪宗的…方法。科學！快速！有效果！」

「師傅。禪宗是不是很玄？」禮夏問。

「不玄，玄的是中國禪。中國禪師有學問，非弄點有文化的東…東西揚名立萬，就玄了。結果，又參話頭，又打禪機，把人弄糊塗；他…他好做名師。」

禮夏的腦子，慢慢的，跟得上師傅的話了。

「職業師傅。討厭。」禮夏講。

輪到師傅笑了，這個孩子真快！幾乎要和我平…平起平坐。

「對！但是在印度，沒有那麼複雜。在印度，禪和瑜珈走得近。他們有一些很科學的定心之法，可以把腦子放電問題…解決。」

沒有接觸過，禮夏注意聽著。

「印度的達摩老祖，在梁武帝時候到中國，和梁武帝談話不…不投機，便一葦渡江，去了河南嵩山少林寺。知道麼？」師傅講。

這一段，禮夏清楚。

「大家都說少林是武術勝地，事實上，少…少林的重要性，在於它是禪宗祖庭，它是禪宗在中國的第一個廟。」

禪宗祖庭？禮夏聽的有興趣。

「所以，想要知道，原始的禪如何修心、定心，看看少林和尚做什麼，最簡單。」

又回到了少林，又回到了武術。

「少林和尚，做得最特別的事情，便是練武。要注意啊！練武，是為了修心！是為了修定！如果不是為了修行，你說少林和尚為什麼練武？難…難道是為了打人麼？嗄？和尚打人，像…像話嗎？」

禮夏眼睛一亮。是啊！少林和尚為什麼練武呢？現在想想，是沒道理啊！

「心的安定和不安定，都是腦子放電的結果。所…所以，少林和尚練武，靠著運動，來刺激和調整他的腦子。」

「怎麼說呢？」禮夏很好奇。

「你體會一下。當你煩…煩的時候，越想靜下來，越煩！是不是？」

「是這樣，越想靜越不能靜。」禮夏說。

「所以，以靜制靜，不…不是不可以。難！要長時間練習。例如念佛啦，打坐啦。很難快速的…有效果。」

師父停了一下，確定禮夏都抄下來了。

「但是，以動制靜，卻很簡單。你心情不好，是不是出去走一走，出出汗，就會好…好一點？」

「會！」禮夏興奮的說。

「身越動，心越靜。身越靜，心越動。奇妙吧？因此，少林練武是為了修心，修定，為了讓心靜下來。本門採取這…這個辦法，用禪宗的武術來修心，定心。」

繞回來了。因為藝法而世法，因為世法而道法。現在，道法回頭和藝法接了軌！三法三學的直線關係，成了弧，成了循環無端的圓周！七十多的李師傅，對二十多的禮夏，完整攤開他的思維系統，他的內心世界。

一點鐘。窗外月亮走過天頂，有點斜了。

李師傅站起來，做了幾個動作。禮夏也站起來，跟著舒展筋骨。嚴肅而躬謹的說。

「師傅。您的道世藝三法，武兵禪三學，是一個精密的哲學…不，思想體系，一個完美的教育模式。可惜，現在的人都不這樣思考教育問題。」禮夏說。

「沒…沒有了。現在不興這一套。現在的人，都要講大眾的普及教育。我們講的，是一種個人的菁英教育。這種教育，過…過時了。」

師傅疲倦了，他看看禮夏。

「我講話太多。累…累了。你回去吧。」師傅說。

青演先生批：

怎麼教孩子呢？每個父母都煩心這件事。煩什麼呢？教他作好人麼，怕他將來吃虧。教他作壞人麼，也怕他將來吃虧。社會不單純，好人、壞人都不見得能應付。事實上，作好人作壞人，是停留在社會鬥爭的膚淺層面。教小孩，最重要是給他一個高級的理想。作不作的到，不能要求。古人說過：取法乎上，僅得其中。沒有那個高級的理想，孩子很難力爭上游。

第十一章【45】有人來

國威真的被師傅練出來了。以前瘦弱如小雞，在學校裡挨了打；下定決心拜師學藝，準備報仇。幾年下來，功夫有了，氣也消了。事實上，當年惹自己的那幾個人，現在也都是有說有笑的好朋友。人生便是如此。不是有人說「有心插花，無心插柳」嗎？目的、過程、決心、苦心，經過時間的攪拌之後，常常混在一起，失去了原味。

國威在鏡子前，把衣服脫了，剩下一條內褲。他看看自己的膀子；二頭肌、三頭肌很浮凸，線條清晰明顯；轉身看看自己的腿和脊背，也很飽滿有力。國威再轉過來，雙手使勁，把他的腹肌展現出來。不錯！很有型。記得肚子上練出四塊腹肌的時候，像一個「田」字。後來，有了六塊腹肌，看起來像是一個「用」字；他還在師傅家裡，興奮的展示給世雄師兄看。師兄慢慢的把上衣拉開－有八塊腹肌！師兄還說，有六塊的時候，要小心，不要練歪了，練不成八塊，練成個「甩」字！是真的嗎？會成為難看的「甩」字嗎？國威一直有點懷疑。不過，師兄就是這樣。一個有點滑稽的浪子型生意人。國威看著鏡子中的自己，踢了個左、右旋風腿；啪啪兩聲。嘿嘿！筋也拉得不錯。哪天再找人動動手，活動一下。

國威穿上衣服，走到樓下，從櫃檯後面的大玻璃瓶裡，抓了一把枸杞子。

「爸爸！我要出去了。去會館，練拳。」

「要你看店，你又要出去。」國威的爸爸講。

「姊姊先看吧。我跟她輪流，說好了。」

國威的爸爸，嘆了一口氣。倒不是因為看店的問題。家裡幾代中醫，都是家傳的。現在要學中醫，得上大學呢！可以拿博士呢！國威對這個沒有興趣，又不愛讀書。看來幾代的理想和努力，也就要這樣的結束。女兒？女兒總是要嫁人的。這一行，向來不願意教女兒，最後不是白白便宜夫家了？可是，話又說回來。便宜人家，好像總比失傳好吧？當心外傳的這種想法，可能落伍了。國威的爸爸拿出一盒銀針，用塊酒精棉仔細的擦拭。也許，女兒？

國威到李師傅家，看見兩個客人。

「他是我的學生，不生份。繼…繼續談。」李師傅說。

兩個人年紀都有六十開外，還硬朗。一個戴眼鏡的，文氣。一個留著小鬍子，雙眼炯炯有神。國威對小鬍子的有興趣。那樣的眼神，應該是個練家子吧？

「這兩位…你應該叫師叔。有鬍子的張師叔和眼…眼鏡傅師叔。哈哈哈。」

「張師叔！傅師叔！」國威有力的打招呼。

「身體很棒啊。畢業了嗎？」

「當過兵。今年專科畢業。畢業就失業。哈哈哈。」

國威倒是一點沒有拘束。來會館練拳，喜歡的，就是這種無拘無束的感覺。師傅不嚴肅，和學校老師不一樣。

「啊？哈哈哈。看得開。跟你師傅一樣。名師出高徒。」有鬍子的說。

李師傅看著牆壁，微笑。

「叫我們眼鏡叔和鬍子叔！」戴眼鏡的說。

李師傅繼續微笑，不置可否。

「眼鏡叔！鬍子叔！」國威大方的稱呼二位。

「我們跟你師傅同門。你師傅，輩分大。」眼鏡叔對李師傅一抱拳。

「不…不要抬舉我。承受不起。」

大家都笑了。氣氛很好。

「那就這樣子？大哥？」鬍子叔說。

李師傅點點頭。鬍子叔的看看眼鏡叔。

「我們先走了。大哥還要教學。」眼鏡叔說。

李師傅哈哈大笑。

「又…又來了。我有什麼資格教學？跟小朋友…玩玩。」

「代代相傳。大哥有心。」鬍子叔正色的說。

「好。大家都…都有心。你們先走吧。我們師徒聊聊。」

禮夏進了巷子，看見兩個人關上師傅家大門。他們經過禮夏的時候，禮夏注意他們說話。

「大哥還是一樣。」有鬍子的說。

「嘿！身體好，金頭腦。生意經呱呱叫。幾十年都不改變。」帶眼鏡的說。

「這宗生意就這樣處理，沒有問題。大哥一句話，大家安心。」有鬍子的說。

禮夏很詫異，他們是說師傅嗎？他們是說師傅作生意嗎？

禮夏推開師傅家的門，四處看了看。他對剛才那兩個人，有點戒心。進到屋內，見師傅和國威正在講話。

「師傅。有兩個人走出去。」

禮夏說完，覺得說話唐突了些。

「那是師叔。眼鏡叔和鬍子叔。自己人。」國威笑著說。

禮夏點點頭。國威從牆角拿了一根棍，到院子去了。禮夏坐下來，看著師傅。

「師傅。剛才那兩個人，說您很會做生意。他們…是在說您的壞話嗎？」

李師傅笑了，把身子往後仰，調整一下姿勢。思考了一會兒，又坐正身體。說我的壞話？做生意是壞事？會做生意是壞人？呵呵。這個禮夏，說他聰明，還…還是沒有開竅。

「禮夏。你是我見過最善良，最聰明的小孩。你讓人非常的羨慕忌妒，又讓人非…非常的不忍。」李師傅的聲音，今天特殊溫和。

「羨慕…忌妒？」

「當…當然！」李師傅說。

禮夏有點迷惑。

「一個人，像你一樣自小衣食無憂，出身高人一等，生活在異於常人的環…環境中，看不見社會上的…真實情況。」

禮夏略略的皺了皺眉頭，神情有一點憂鬱。這個問題，是常常浮現的。不過，和今天的情況有關嗎？我擔心師傅，怎麼不對了呢？

「你的這種氣質，讓女人喜歡你，男人不…不喜歡你。換句話講，以後你入社會，會發現男人女人遇…遇見你，荷爾蒙都不對勁！」

李師傅看看禮夏，知道他還承受得住。

「記住！羨慕的後面跟著忌妒，忌妒的後面，跟…跟著破壞！

記…記住。」

李師傅去看他的茶杯，沒有要拿起來的意思，把頭又轉過來。

「我也出身世…世家，小時候跟你很像。入社會後，吃苦啊。不過一條，沒有什麼關係。我和你一樣運氣，都遇到了好師傅。你會改變！你很聰明。」

禮夏還皺著眉頭。李師傅發現他可能離題遠了。他看著禮夏，眼神裡有心疼的意思。

「我有生意。我很會做生意。因此，我才有錢養…養活自己。我們都要有錢，才能活命。禮夏。你知道這個事情嗎？」

師傅眼神中，心疼的意思更為濃厚。

「你聽我講了不…不少，還是過於理論。你對於真實社會，需要花時間徹…徹底了解！」

國威跑進來。

「師傅。你要不要看看我的瘋魔棍？」

「好－！槍扎如厲鬼，掍打似瘋魔！禮夏，我們出…出去。」

青演先生批：

一個人的出身，是不能改變的。出身不是先天，而是後天，特別指的是家庭。什麼窯燒出什麼瓷器，基本上是一定的。家庭的社會條件，相當決定子女的社會條件。社會階級，是一種奇妙的分類；要跨過去，不簡單。所以，就有飽漢不知餓漢飢的說法，就有劉姥姥進了大觀園的說法。如果能夠跳躍階級，到處看看，這個人就算是開眼界了，就算是有見識了。

第十一章【46】生了

那天，禮夏跟美麗去看電影。出來，美麗說她大概要生了。禮夏趕緊帶她回家，準備東西去醫院。第二天中午，美麗生了一個女兒。出生後，美麗把女兒抱著看看，沒有錯了，很像禮夏。她看著護士掛上腳環，把嬰兒推出去。過了一會兒，護士回來，對美麗說：

「你是第一個喔！」

「什麼？」

「剛才把嬰兒推出去，妳先生的第一句話，不是問嬰兒是男是女喔。」

「他問什麼？」美麗問。

「他問媽媽好嗎？你是第一個先生這樣問的。」護士說。
美麗的眼淚，靜靜的從臉上流下來。

五天後，美麗回家。家裡立刻興奮起來，小嬰兒顯然成為家庭的重心。爺爺奶奶的歡喜，不用說了。禮夏對於嬰兒的出現，表現得很稱職。他很會抱小孩，比美麗還會。嬰兒軟軟的，美麗抱不住，怕把她折了！禮夏個子大，嬰兒在他的懷裡，形成一個自然的角度。醒著很安穩，睡著很香甜。禮夏的手腳也大，可以輕易的把小嬰兒一個手抱住，一個手替她洗頭洗澡。這個本領，美麗很詫異，爺爺奶奶也很詫異。

該做的事情都做了，家裡的秩序稍稍恢復。大家把嬰兒的事情，告訴了親朋好友。禮夏想到了師傅，想到師傅對這件事情，一直保持問候。他給師傅打了電話，說要來會館。

「師傅。我做爸爸了。」

禮夏看見師傅，難掩興奮。李師傅也非常興奮，好似他家裡添了丁。李師傅的話匣子打開，竟然出來不少媽媽經。也許，人老了便是這樣；也許，男人女人之間，也沒有那麼大的差異。

「下次，我和美麗一起帶女兒來。」

「不…不可以。滿月之前，不…不可以出門！」

師傅少見的急起來。禮夏可以感覺到，一種真正的關心。師傅拿起桌上的菸，抽出一支，點了起來。

「您又開始抽菸了？」

師傅去開窗子。

「難！真難。主要是我一個人。沒有什麼事情做。喝茶不錯！但…但是也不能每天總是一肚子水。難受！我現在，試著少吸進去。一天一包，感覺上還是一樣。自己騙自己。但是實質上的量，有…有減少。」

李師傅就是這樣。任何事情，都可以用科學的態度和方法面對。

「自己騙自己很重要啊！」禮夏說。

「重…重要！自我催眠啊。一種高…高級心理學。我跟你講過柔性催眠和剛性催眠嗎？」

「沒有。」

「以…以後講。高級世法。」

禮夏發現：李師傅的菸，真的抽法不一樣了。禮夏看著師傅抽菸。

「師傅。抽菸是不是很男人的感覺？」

「不。抽菸很悲哀。如果你認為男人悲哀，那麼，也…也可以這樣講。」

禮夏知道，話題又出現了。

「師傅。男人是什麼？」

李師傅看著禮夏笑。這個男孩做了爸爸，是有不同。

「好。跟你談男人。第一。男人不是男…男孩。」

「我懂。」禮夏說。

「這個好懂。第二。男人不是男性。」

禮夏拿出筆記本。師傅瞇著眼睛，吸了一口菸。

「男性，與女性相對，是一種生物學上的分類；和數量有關。男人，相對於女人，是一種人格上的分類；和品…品質有關。」

禮夏忙著抄筆記，師傅講什麼，沒有進腦子。

「你…你看。滿街的人，不是男性，即…即是女性。但是，那裡面有幾個男人，幾個女人？哈哈哈！少之…又少！」

李師傅磕了磕菸灰。

「師傅。您說的男人，定義是什麼啊？為什麼和男性不同？還是不懂。」

「男人！是可以貫徹意志的男性！是心理問題。男…男性？男性是生理問題。長著個壺嘴嘴的，都是男性。壺嘴嘴知道吧？四川人的講法，小…小雞雞啊。四川人樂天，講話好笑。」

禮夏忍住笑。他已經很習慣師傅的講話習慣。

「男人，是男性中的少數，少數知道自己是誰，為…為什麼活一場的男性。少！」

禮夏喜歡談這個事情。

「師傅。怎麼樣才能做男人？」禮夏問得天真。
李師傅露出笑容。
「多多體會道世藝三法，武兵禪三學吧。」
他停了停，深深的看著禮夏。
「其實，能不能做男人，是一種氣質，一種鬥爭性。你說學吧？真的！它怎…怎麼學呢？那是種先天的霸氣。」
禮夏抿著嘴。
「師傅。是不是男人才吸引女人。一般男性只能吸引女性？」
太白了！白到李師傅都有點不好意思。怎麼回答呢？
「禮夏！男人中的男人，當然吸引女人中的女人。」李師傅呵呵笑，回答得很技巧。
禮夏追著問。
「師傅。我是不是…很不男人？」
李師傅嚴肅起來。
「不是。你是因為…後天的教育，把…把你教育成這樣。你的先天氣質中，有野性。你對於你的後天自我，極度不滿意！不然，你一個文學藝術研究生，為什麼從小練武，又為什麼老…老是來找我聊？你這種要改變自己的企圖心，強烈！我這一生，可以說還沒…沒有見過。」
禮夏覺渇，今天又會有突破。他站起來，對師傅說：
「師傅。我也想喝杯茶。可不可以自己去泡一杯？」
「可以。」師傅說。
「我幫您也加一點水。」
禮夏把師傅的杯子拿起來，走進廚房。

兩個杯子，都冒著熱氣。師徒兩個人，都沒有說話。

「師傅。我還想談談男人的問題。」

「好。男人，第一要有錢！你可以接受…這個說法嗎？」

禮夏不大能接受。但是沒有表示什麼。

「這樣。我們把人還原成為生…生物。生物只是求偶與覓食。你說，在自然界中，什麼樣的雄性可以求偶？會獲得雌性的喜愛？」

禮夏想著。李師傅又點起一支菸。

「必然是…有強大覓食力量的雄性。你不能給人家基本的物質需要，人家哪裡會跟著你？你的覓食力量越大，越有求偶的條件。」

禮夏開始抄筆記。想起上回從師傅家出去的兩個人。

「動物的覓食問題，就是人類的經濟問題。動物覓食，靠得是暴力，這個問題我們講過。因為暴力而得以覓食，因為覓食而得以求偶。所以…」

李師傅好像有點顧忌。他喝了一口茶，把杯子放回去。

「你知道我字怎麼寫麼？你、我的我？」

禮夏沒有回答，他不知道師傅要說什麼。

「我。左邊是個禾木，右邊是個戈！左邊是食物，右邊是兵器。你說，人如何才有自我？自我又…又是如何形成？」

「金錢與暴力。」禮夏緩慢的說。

「金錢與暴力。」李師傅緩慢的說。

「在社會上，如果不能掌握這兩個重點，就只能做…做男性。依靠著別人的金錢與暴力過活。」

「現代的暴力，是各種包裝過的暴力，這個師傅說過。」

禮夏自言自語。李師傅吐出一口菸。

「這個我是說…說過，包裝過的暴力。但是，你為什麼要找我練拳？你到底真正想要什麼？你明白這個事，會是一個突…突破。」

禮夏的心口有哽咽的感覺，不是難過，是激動。激動什麼呢？好像…

有一個野獸，要從那裡跳出來。

　　「想要…赤裸的暴力？」禮夏遲疑的問。

李師傅沒有講話，拿起打火機，打出一個小火苗。

青演先生批：

　　男人是一種定義，不是一種分類。動物也是這樣麼？動物好像也是這樣。無論獨居還是群居，能夠有名堂的雄性，看起來都差不多；自信而孤單。沒名堂的呢？動物世界很可怕，那些沒有名堂的，誰也沒看見；由各種方法各種形式，淘汰了。人類社會還是相對安全。那些沒有什麼名堂的，不至於消失。只不過是身分證上登記了一個字－男。那個字，就是身份分類。不表示你是個男人，只表示你的生物學特色。

第十一章【47】奶粉

小嬰兒很可愛，會吃，會鬧，還會拉屎。非常真實。自從小嬰兒來到，美麗有一點改變。她感覺到一種愛，一種付出而不問收穫的愛。那種愛當然是母愛，然而，那種愛也使得美麗成長，使得美麗由一個女孩，成為一個女人。一個不是只要別人愛，也會愛人的女人。至於禮夏，他也有成長。他的成長實際一點。美麗的母奶不夠，禮夏看著小嬰兒吸奶瓶，問美麗奶粉多少錢？美麗很吃驚，這個不食人間煙火的大少爺，也會管這些？但是，成長就是這麼回事。

奶粉的問題，讓禮夏開始對金錢有了一點概念。他常想，師傅說男人要有錢；他也常想，男人是什麼意思。禮夏決定，他一定要做男人，無論這件事情對他而言多麼的困難。他清楚的感覺到，成為一個男人，可以讓他胸口的野獸停止騷動。雖然，他也隱約感覺到，做男人要辛苦的面對人生。並且，照師傅的說法，做男人悲哀，甚至寂寞。

禮夏到師傅家，簡單的做了幾個動作，進到屋子裡來，搬了個板凳坐下。

「師傅。我還想聽您說說錢的事情。」

禮夏坐在師傅對面。李師傅注意到，禮夏的眼神很認真。

「怎麼樣？有什麼問題嗎？」李師傅問。

「沒有什麼問題，只是現在做爸爸了，一些錢的問題漸漸出現。」

「錢是人生的大問題。錢不是萬能，但是，沒錢萬萬不能。聽…聽過吧？」

禮夏搖搖頭。

「一錢逼死英雄漢。聽過吧？」

禮夏點點頭。

「這個話古…古雅一點。你應該在章回小說裡看…看過。」

禮夏想一想，沒有特別的記憶。

「你還沒有賺錢，先談談用錢吧。」

禮夏有一點耳朵熱。他想跟師傅說，他當兵的時候有薪餉，現在做研究生有獎學金。結果，他只是嗯了一聲，沒有說什麼。

「錢最重視…用！聽好了。是用錢，不是花錢。」

「不同嗎？」禮夏問。

「不…不同。錢花掉，就沒有了。用掉，是換成了別的東西。花錢是一種損失。用錢，是價值的交換。所以，錢不能亂花，但是該用時候就要用。」

禮夏喜歡價值交換的這個說法。

「我跟你說個故事好了。」

師傅去拿菸。禮夏向前挪了挪，聚精會神起來。

「話說以前有…有個王子，養尊處優。有一天，他對老國王說，他已經長大了，何時可以接掌…王位？老國王說，你長大了，但…但是歷練不夠。我要考考你。」

李師傅把煙點上。

「怎麼考法？老國王給了他五百頭牛！」

「五百頭牛？」禮夏說。

「五百頭牛！值…值錢啊。老國王說，給你一年時間出去遊歷。回來再說其他。」

李師傅吸了一口菸。

「一年以後，王子回來了，垂…垂頭喪氣。國王問怎麼樣？王子說，吃…吃喝玩樂花掉了。國王說，國家不能交給你，你是個敗…敗家子麼。」

李師傅笑得開心。

「他把錢花掉了。」禮夏說。

「花掉了！老國王說，沒…沒有關係。再給你五百頭牛，你去遊…遊歷吧。」

「老國王很好說話。」

「他…他的兒子麼。王子又出去一年，回來了。對他父親說，這一次我成功了，錢沒有亂花。國王問，五百頭牛呢？王子說，請你把窗…窗戶推開看看。」

禮夏不自覺的看了看窗子。

「老國王把窗子推開一看！好傢伙！一群牛！怕沒有一千隻！」

「怎麼有一千隻呢？不是給五百隻嗎？」禮夏問。

「生…生了啊。大牛生了小牛。王子把那群牛好好的經營了一年！王子得意啊。老國王搖…搖頭，說，你還是不行。」

禮夏不懂了。

「他沒有亂花錢啊。」禮夏說。

「不…不錯！沒有花掉，但是也沒有用掉啊。他等於把錢存起來了，小牛就是他的利息。老國王說，你這一年雖不是敗家子，卻也只磨練成了一個商人，不…不足以接掌國家。」

禮夏覺得故事精采了！

「老國王說還…還是沒有關係。再給你五百頭牛，出去遊歷一年。」

師傅把菸熄掉。禮夏注意到，菸只吸了一半。

「又過了一年，王子回來了。老國王問，你的牛如…如何？王子又說，你再把窗子打開看看吧。老國王把窗子打開，你…你猜怎麼樣？」

禮夏沒有說話。

「窗子外面什麼也沒有！」

「什麼也沒有？」禮夏說。

「什麼也沒有。國王說，你的牛呢？王子說，都送人了。國王說，五百頭牛不…不少錢啊。你為什麼送人呢？」

禮夏眼睛轉了轉，不知道下文。

「王子說，我把錢送人了，但是交了很多朋友。口袋裡雖然沒有錢，但是，自此以後，我可以身…身上分文不帶，走遍天下！可以做到狼…狼行天下吃肉！」

李師傅站起來，又拿起一隻菸，歪著頭把它點上。然後「啪」的一聲，把打火機放在桌上。禮夏認真的觀察這一切，他認為，師傅的心緒高昂起來。

「這一回，王子會用錢了！他把錢換成了人。這些人，將來會幫助他成就其他事業。包…包括賺取更多的錢！」

禮夏看著師傅，看得很深。

「師傅。這是本門世法嗎？」

「高級世法！」李師傅快速的回答。

這種講法，真不是學校裡學得到的。商學院會講嗎？商學院也不會講。這是…江湖！禮夏知道，他不只是喜歡師傅；他真的要跟師父進入一個奇異的世界了。

「師傅。這個故事真好。謝謝師傅帶我！」

李師傅看著禮夏，似乎很驚奇這個大學研究生，竟然說出「帶我」這樣的話。

「不謝。」李師傅說。

禮夏吸了一口氣。

「能夠這樣大手筆的用錢，好氣魄啊。」

李師傅笑了。

「好久沒有給你寫字了。寫個口訣給你。」

「謝謝師傅！」禮夏很興奮。

李師傅拿出筆墨。很瀟灑的寫了幾個字。

昂起六陽首　甩出滿把手

李師傅看看那幅字，又看看禮夏。

「男人用…用錢，就是要這個氣魄！能用錢，才能賺錢！」

「氣魄！」禮夏重複師傅的話。

「師傅。氣魄就是有力，對不對？男人就是要有力！對不對？」

師傅沒有回答禮夏。他又看看那幅字。

「寫得還真…真不壞！」

青演先生批：

錢是魔鬼，錢也是上帝。有錢煩惱多，沒錢肚子餓。錢不是什麼魔鬼，也不是什麼上帝。錢只是食物替代品。食物存的多固然很好，存的少也沒什麼關係。存的多叫作未雨先綢繆，存的少叫作瀟灑走一回。不過，有錢是個能力。一個人的能力，涉及生物學法則，這是不會錯的。

第十一章【48】變化

小嬰兒很好。不大哭鬧，吃奶不會弄得到處都是，是很好帶的小孩。美麗的媽媽樣子越來越重，對於家裡的大小事，處裡的井井有條。禮夏變得沉默。他開始會想事情。當然，他的學術訓練讓他本來就很會想事情。只是，他現在會想很多實際的事情；會想想學術，想想社會；想想教授們講得話，想想師傅講得話。他對於學術開始有批判；不是不接受，是批判的接受。學術上的知識見解，要經過社會上的實際檢驗；如果不對，就要校正！師傅對禮夏而言，就是這種校正的機制。

禮夏變了。他的各種想法、作法都有改變。在學校，他常常跟老師們辯論，讓他們啞口無言。有一次，課堂上講「藝術市場」，講藝術家和市場的依存關係。禮夏站起來，說他的「江湖道理」，說得教授臉紅。

「你的說法不是學術。」教授說。

「如果正確而有用的道理不是學術，那什麼是學術？」禮夏冷酷的說。

又有一次，課堂上講「藝術理論」，講藝術創作的共鳴問題。教授輕輕的打了黑板一下。

「就像這樣，恰到好處。藝術共鳴就像對情人的一吻。完美。一分一釐都不差。」
禮夏沒有徵得教授同意，突然跑到前面去。

「教授。你這種吻法，不感動，得不到女人的心。藝術共鳴就是要感動，不感動的叫技術，不叫藝術。吻女人，就要狠狠的吻，把她徹底摧毀。要她永遠記住！」
說著，他用力的捶黑板。黑板發出轟的一聲，好像要掉下來。

「要像這樣！」

教授說先下課罷，有事情啦。後來，那個教授看見禮夏就躲。他很懷疑，禮夏的精神有沒有問題。不過，那天在台上，禮夏看得很清楚。他的敘述，讓所有的女同學，熟的和不熟的，眼睛都閃閃發亮。禮夏知道，那就叫感動。

禮夏變了，只是他並不知道。他有的地方變得快，有的地方變得慢。但是，這裡變一點，那裡變一點，他已經不是原來的他。自從他的神從祭壇上摔落後，另一尊神，在煙霧中漸漸成形，緩緩升起。

禮夏的沉默和改變，美麗看在眼裡，爸爸媽媽也看在眼裡。一次，禮夏的爸爸跟美麗說：

「禮夏受他會館師傅的影響太大了。」
美麗很機靈。她發現，公公講這個話的時候，並沒有什麼表情，也沒有表示這件事情的好壞。

「易子而教吧？」美麗說著，頑皮的吐了吐舌頭。
禮夏的爸爸，還是沒有說什麼。專心的為蘭花施肥。

青演先生批：

人多怕變化，雖然中國古書講的那麼清楚；變化是常態，不變是變態。但是，人肯變化的，真是少之又少。變化代表自己不是自己了，變成另一個個體了。變化以後，別人不認識自己怎麼辦？自己不認識自己怎麼辦？這個問題很難回答，就像一個土著，帶著一袋糧食，兩壺水；划著小木舟，離開熟悉的海島。除了向前划之外，沒有別的辦法。因為，他看不見前面，也看不見後面。前面是一片水連天，後面是一片天連水。

第十一章【49】請吃飯

學校的同學，開始談論畢業後的工作問題。禮夏很少加入他們。以他的成績和條件，可以選擇很好的學術環境，開始學者生活。但是，禮夏對於人生的了解，已經和同學大大不同。他的眼界開了，很難規矩刻板的過一生。至於要過怎麼樣的一生？禮夏並不清楚。舊的規劃，都被打破；新的規劃，還未建立。他還不到三十；像一隻離開巢穴的小狼，走出樹林，走出山谷。面對無垠的荒野，徬徨，卻又鬥志昂然。

一天下午，禮夏給師傅打了個電話，劈頭就說：

「師傅。我想來會館，請您吃飯。」

李師傅沒有立刻回答，事情有點突如其來。

「師傅。您平常都在哪裡吃飯啊？」禮夏問。

「我很隨便的。都在巷口隨便吃。」李師傅說。

「我跟您一起吃飯好嗎？我很想跟您一起吃飯。」

「好！」李師傅回答的爽快。還是不明白怎麼回事。

大約四點，禮夏就到了師傅家。沒有練拳，隨意的和師傅閒聊。六點，禮夏跟師傅出來，去巷口一家小店。

「師傅。我請您吃好不好？這家店很小，不成敬意。可是我今天發獎學金，這是我自己的錢。」

李師傅笑了笑。他明白禮夏的意思。一句「自己的錢」，裡面有不少的感情。

「吃什麼呢？照…照我平常吃的好了。」

「好。」禮夏說。

李師傅轉過身，面對老闆。

「兩碗陽春麵，青菜多點，加滷蛋。另外，豆腐乾，豬大腸，鹽水花生炒在一起。加…加辣椒和大蒜！」

禮夏聽著師傅點東西。

「師傅。這種吃法很營養。」

「還可以。什麼營養都有一點。只是小…小攤子不乾淨，所以要把熟菜回鍋，加上辣椒和大蒜殺菌。」

禮夏不知道有這樣的吃法，覺得很新鮮。他看看四周，這家店真的很小。

東西來了。禮夏吃得很香。滷味炒在一起，加上大蒜和辣椒，簡直是人間美味！

「怎麼樣？還…還可以？」師傅問。

「好吃！師傅您多吃。」禮夏說。

「我也就是這樣。上了年紀，吃喝要注意。你二十幾歲，還在打底子。你多吃。」

師傅的胃口不壞，那碗麵吃光了。滷菜也吃一些，豬大腸淺嚐兩塊。吃完了，禮夏去付帳，師傅看著他。回去的路上，師傅走在前面，禮夏跟在後面。禮夏注意到，師傅走得很快，真不像七十多歲的人。

進了屋，禮夏給師傅沏茶。李師傅點起一根菸，看著這個徒弟在房內走動。兩個人坐下，李師傅問：

「怎麼樣？出錢請吃飯，感…感覺如何？」

禮夏想了想。不知道怎麼講

「擁有財富，就擁有力量。當…當然，不是唯一的力量。」師傅講。

「師傅。力量還有什麼呢？一個男人，還可以擁有什麼力量呢？」

李師傅指指禮夏的書包。

「拿…拿出筆記。」

李師傅看著他的菸。

「記下來。在個人而言，身體、知識、修養、財富都是力量。這四種力量，若是放在國…國家上來講，就是軍事、文化、政治、經濟。」

李師傅還是看著他的菸。

「你說，一個國家沒有軍事、文化、政治、經濟還…還行嗎？再退而言之，個人需要什麼力量，才能在社會上有力，就很容易了…了解。」

禮夏呼了一口氣。天啊！任何事情，在師傅而言，都是這樣清楚明白。

「這四種力量，不容易短時間獲致，你要慢慢增加。隨時檢討哪…哪部份少，哪部份多。」

禮夏放下筆記。

「師傅。我最近變了很多。」

李師傅沒有正面回答。

「漸變而突變！量變而質變！古人說：大人虎變！君子豹變！」

李師傅把菸熄了，喝了一口茶。看著禮夏。

「感覺有變化，不等於真的變化。你看那以前的禪宗和尚，悟了以後，還要求不退轉。就…就是不要再變回去。」

「怎麼不退轉呢？」

「簡單。勇猛精進麼！你說，你每天向前走五步，晚上退…退回兩步，不是還走了三步麼？算數問題而…而已。」

真理都是簡單的事，簡單到，難以察覺。禮夏想著，笑了出來。

青演先生批：

佛教說人都是糊塗的，唯有通過修行，才能清醒。修行這兩個字，很嚴肅。嚴肅到沒有人肯修行，好像談修行，就要變成和尚。其實修行就是改變的過程。人非生而知之，要經過長期改變，才能得到正果。這個長期二字，又是大家不願意聽的了，好像遙遙無期，難以達到。事實上，變化一定是長期的。生物學家的語言很聳動，似乎一下子就突變了。殊不知，突變來於漸變。就像，禪宗的頓悟來自漸悟一樣。

第十二章【50】論刀

國威的工廠朋友，照他的要求，給國威做了把刀。刀做好了，國威把它拿給李師傅看。那天，禮夏和福貴也在會館，跟著師傅練拳。

「師傅。你看這把刀如何？」

國威把報紙打開，拿出一把大砍刀。刀刃又寬又厚，刀柄上有個大鐵環。刀柄上纏著紅布。刀柄和刀身的比例，大約是一比二。從頭至尾，約一公尺左右。

「唉呦！這不是二…二十九軍的大刀麼？」

國威把刀拿起來，站到客廳中間，耍了個刀花。

「不行！不行！不要在屋內…耍！」師傅阻止他。

國威把刀橫過來，雙手拿給師傅。師傅接過刀，在手上掂了掂。

「這是你訂做的嗎？」李師傅問。

「是。按照書上的樣子做的，縮小了一點。」

「好！環首刀！這種刀的樣式古老。後來只有西北二十九軍…使用。二次大戰時，曾經重…重創日本部隊！」李師傅說。

禮夏和福貴都拿出小本子，開始寫筆記。

「你看。這把刀的刀首比刀身寬，所以它的前…前面重於後面。」師傅說。

「為什麼呢？」福貴問。

「利於砍劈，可以當斧…斧子使！」師傅講。

「啊－。」禮夏對於各種講道理的事情，還是最有興趣。

「這叫做配重。也就是分配刀身的重量，以利於各…各種應用。」

李師傅把刀豎起來，看它的弧度。

「你看過飛刀麼？它也是前面也比後面重，飛出去可以保持平衡，永…永遠刀頭向前。」

李師傅雙手握刀，輕輕地比了一個虎牙八式中的「突刺」動作。

「國威把它縮短了些，很好。很實用。可以單手持也可以雙手持。」

國威見師傅稱讚，有得意的意思。李師傅試了試刀刃。

「不需要開鋒，用它練…練習就好了。」

「不會的。師傅。什麼時代了？拿到街上去，別人要笑話的。」

「對！作為練習工具，或者精…精神上的象徵，足…足夠了。」李師傅說。

刀傳到禮夏手上，又傳到福貴手上。福貴仔細看，覺得…他也做得出來。

「師傅。您說的精神象徵是什麼意思？」禮夏問。

師傅正在喝他的茶。對禮夏點點頭。

「男人麼，總是要有點精神象徵。刀，是很有象徵性的東西。男人，都應該有把刀。」師傅說。

「沒有問題！我讓朋友給他們一人打一把！價錢好說！」國威大聲說。

李師傅打斷他，面對禮夏。

「記得我說男人和男性麼？」

禮夏點頭。

「記得我說的求偶與覓…覓食麼？」

禮夏又點頭。

「就…就是了。刀，就象徵這個！象徵覓食這件事。」

李師傅把茶杯放下。

「古人說刀為利器。那個利字，是鋒利之利，也可以是利益…之利。懂了麼？你有一把自己喜歡的刀，那把刀就是你的醒器…」

「醒器？」

「醒器。隨時提醒自己的一種東…東西。提醒自己，隨時保持鋒利！隨時準備…得利！」

禮夏喜歡這種說法，低著頭抄筆記。

「師傅。聽說有人送刀給你是不好的，不吉利，有血光之災。是這樣嗎？」福貴問。

「有什麼不好？那叫做助你得利！」國威接得很快。講完了，看看師傅。

李師傅笑了。

「講…講得很好。我們不迷信，但是我們要善…善用心理學。」

李師傅看禮夏，禮夏也抬頭看著李師傅。

「師傅。我一直有個問題，可以問嗎？」

李師傅笑著拿起茶杯。禮夏回頭，指著櫥櫃上面的兩把木劍，一長一短，排在漂亮的黑檀木架上。

「師傅。那是您的醒器嗎？」

「也可以說是。」李師傅說。

「我發現，這兩把木劍，如果從牆外向裡看，可以透過窗子看見呢。」禮夏說。

「你怎麼知道？」國威問。

「我有幾次來，按門鈴沒有回應。我就爬在牆上往裡看，看師傅在不在家。」

師傅喝了一口茶。似乎想到了什麼重要的事情。

「禮夏，你說說看。如果你在牆外面看，看見屋內擺著木劍。看見院子裡擺…擺著木棍啞鈴。你認為這個屋子的主…主人是誰？如…如果你是個小偷，你要不要對這家動…動手？我可是個老頭兒，一個人住。」師傅說。

啊！處處都是學問啊！禮夏的眼睛發亮。

「師傅。您的武術和兵法，簡直都生活化了嘛。」國威說。

「當然要生…生活化，當然要無所不在！否則，不是說一套，做一套麼？我們要有學術，但是拒絕做書呆子。」

李師傅語氣很柔和，謹慎的看著禮夏。禮夏堅定的看著師傅，用力點頭，表示完全認同。

「師傅。我用這把刀，演示一下本門刀法如何？」國威說。

「好啊。刀，還是不要在屋子裡耍。古人對於賞刀、鑑刀都很有講究。所謂：燈下不看刀，酒後不看刀！更何況在屋…屋子裡耍刀呢。」

大家往院子裡走。禮夏跟在師傅旁邊。

「什麼是燈下不看刀，酒後不看刀啊？」禮夏問。

「晚上和酒後，這兩個時辰，人的意志容易不清楚，要避免拿刀，以免出…出事。」師傅回答。

大家走到院子裡。國威站在遠處，把刀靠在手臂內側。只見他一跺腳，唰唰唰地展開虎牙問天十八式！把那縮短的二十九軍大刀，揮舞的纏頭裹腦，上下翻飛！

「好－！」禮夏和福貴，忍不住喝采。

國威的動作嘎然而止。收刀，問禮。

「好。」師傅也為他鼓掌。

國威有點喘。他把刀交給福貴，福貴慎重的拿著。哪一天才能跟師兄耍得一樣呢？他看看師傅，師傅好像完全明白他的意思，對他投以鼓勵的眼神。

「國威的刀，耍得不錯。在今天，恐怕能夠超…超過你的不多。」師傅說。

「謝謝師傅。」國威的氣息已經恢復正常。

「不要忘了。本門刀法強調：以腰作臂，以神馭刀！謂…謂之什麼？」

「謂之神刀！」福貴接著講。

「不錯！神刀啊。以神馭刀難講，慢慢體…體會吧。以腰作臂，就很實際，要隨時注意。有人用手掌使刀，那不入流。有人用手臂使刀，入…入了門牆。但是，直到能夠把腰當手臂使，那才算是登堂入室，真正懂刀。」

李師傅向福貴要過刀，仔細的看著。奇怪了？怎…怎麼還是對於兵器這樣有興趣呢？也好。男人對於兵器有興趣，是一種野性的表現。表示還沒有衰老…不堪。

「做得真是不錯。哪天也替我弄…弄一把。」李師傅說。

青演先生批

人與動物的差別，在於人有文化。文化怎麼來的呢？一代一代的知識經驗，傳承下來的。動物生存一場，也有些知識與經驗麼？有的。否則怎麼會有老狐狸的說法？但是，老狐狸不能把知識經驗傳承給小狐狸。小狐狸得自己好好過一生，最後才變成老狐狸。人不是這樣，人的千百年修煉，通過教育，給了下一代。教育是人類文化得核心；教育是個載體，是一隻船。沒有它，每一代的人都是隻小猴子。沒有它，人永遠到不了彼岸。

第十二章【51】切磋

一天晚上，師傅給國威打電話，叫他第二天下午四點來會館一趟。第二天一大早，國威就把妹妹叫醒，跟她交換看店的時間。國威記憶中，師傅沒有主動找過他。是有事情嗎？是要兩肋插刀嗎？他的腦子裏，閃過一些問號，和一些不實際的聯想。國威早了一個鐘頭到師傅家，師傅看起來，和平常沒有兩樣。

「師傅。今天有事情？」

「沒有事情。有一個基隆地方開武術館的人，要…要來看我。」師傅說。

國威立刻抖擻起精神。

「嗄？踢館啊？來啊！」

師傅搖搖手。

「沒有那麼嚴重。人家說來拜…拜訪我。電話裡講話很有禮貌。」

國威站起來，在客廳裡到處走動。

「師傅！不能不防！您知道，先禮後兵啊！什麼訪賢啦，請教啦，說得可好聽了。到時候會動手的啊。您的年紀和身份，都不可以和人動手。這件事情，交給我好了。」

國威講了一大套，李師傅還是不動如山。不過，他倒是有點後悔把國威找來。火爆脾氣！幾個徒弟裡面，最擔心的就是他。一不注意，就要出問題。

「保持冷靜。謀…謀定而後動。不過你說…先禮後兵，說…說得很好。咱們給他準備點水果吧？」李師傅笑著說。

國威搔了搔頭。怎麼回事啊？師傅的這個結論，好像有點好笑。是談笑用兵嗎？師傅已經開始用兵了嗎？沒錯！師傅已經開始動手了。好好學著，不要丟人，不要讓師傅看輕了。國威安靜下來，臉上忽然充滿笑容。

「師傅。我去巷子口弄點水果。葡萄和蓮霧？不必削皮，一洗就好！」

國威出去了。李師傅站起來，簡單的活動著筋骨。國威說的並沒有錯，要是對方提出切磋的請求，是要應變的。李師傅沒有想太多，從抽屜裡面，拿出一包新的香菸。他拿出一支，點上，吸了一口。想到了國威的笑容。頭腦還…還不錯。反應好，變得夠快！年輕麼。多磨練，火爆脾氣會改的。李師傅不自覺的，又露出笑容。

對方來了。四十多歲的漢子，身體不錯，略為發胖。自稱姓劉。旁邊跟了個不到二十歲的小夥，應該是徒弟。雙方坐下，講著客氣話。國威表現得很好，很大氣。喝茶啦，吃水果啦，抽菸啦，把場面照顧得很好。李師傅靜靜的吸著菸，看著那兩個人，微笑著。

「李師傅。我做過六屆武術比賽的裁判。這是我的徒弟，已經是兩屆輕丙級冠軍了。聽說您的功夫很好，可不可以讓我們見識一下？」

劉師傅忽然單刀直入。李師傅呵呵的笑。

「劉師傅是有身份的人－。這樣愛…愛說笑。沒的事！況且我已經七十多了，手腳都不…不靈活。」
對方並不死心。

「您誤會了。只是想請您指點一下。」
這個話，有文章。要動手麼？

「我絕對不敢說讓您打一套拳。我也知道您的年齡。我們都是小輩。」
這個話，也是軟軟硬硬的，夾雜著一些微妙的挑動。

「不敢！」李師傅大聲說，笑容加深了些。

「你們遠道而來，我沒有什…什麼招待。也不能讓二位入寶山…空手而回。」
李師傅的「入寶山」三字，讓劉師傅愣了一下。

「這…這樣吧。我教你們一個口訣吧。你們把紙筆拿…拿出來！」
劉師傅又愣了一下！他沒想到「見識一下」的結果，要上課聽講。他的那個徒弟沒有說什麼，從口袋裡摸出一張紙，拿出一支原子筆，靜靜的看著李師傅。劉師傅有點不安。他不能阻止他的徒弟，但是，他的徒弟怎麼一下子成了別人的徒弟呢？他哪裡知道，李師傅早已開打！他的武學與兵法，已經蔓延在他的四周。

李師傅把半根菸丟掉，喝了一口茶。

「傳你們一個〈八打歌訣〉！可不要輕…輕視，這是以前護院武師傳下來的。管用！記下來！」
幾句「傳你們」、「記下來」讓那個徒弟聚精會神，讓那個師傅皺了眉頭－才幾個動作，就比人矮了半節！劉師傅渾身不舒服，卻說不出話。

「記！一打頭，二打項，三打脇心四撩陰。五打膝，六打足，七打腕手八斷肘！」李師傅講得鏗鏘有力！少見的沒有結巴一個字。

「好－！好個七打腕手八斷肘！師傅。夠狠毒！」

國威也在旁邊抄著，忽然大聲叫好！把李師傅都嚇一跳。那兩個人，更是眼神發直。李師傅看了國威一眼。咦？敲邊鼓？楞小子開…開竅了？

「好吧？記下來了？」李師傅說。

「李師傅。腕手的腕是哪個字？」那個徒弟問。

「應該是手腕的腕吧？」劉師傅在他的手心上寫了個字。看了看李師傅。

「是的！」李師傅回答。

「當年，那些護院武師面對毛賊土匪，動不動就要拼命，就要出手見紅。你說，他們的功夫狠…不狠？」

國威忽然靈機一動，看看他抄的紙條。

「師傅。您傳的〈八打歌訣〉，都是武術比賽的犯規動作嘛！」

「對！都是武術比賽的犯規動作！這才是真正的武術！」

李師傅大聲回答，忽然站起來，快速欺向劉師傅和他的徒弟！絕對的攻擊架式！他走到劉師傅身邊，用腿抵著他的腿，看看他的徒弟。

「對。對。沒有錯！那個腕字就…就是這麼寫。手腕的…腕。」

李師傅笑著說。

戰端就這樣輕鬆結束。挑起戰端者，無力啟動另一場戰端。

五點鐘，劉師傅表示要離開；說是回基隆還得花點時間。兩個人，默默的走了。國威送他們出去，回到屋內。李師傅坐在漸漸昏暗的客廳裡，似乎思索著什麼，似乎什麼也沒有思索。

「師傅。您好拳腳啊！我看懂了！我看懂了！」國威大聲的喊著。

李師傅，或者是累了，沒有說話。只是安靜地，和四周的昏暗，融成一片。

青演先生批：

人生如戰場。戰場很清楚，就是個你死我活的地方。那個地方，純粹的優勝劣敗；純粹的強凌弱、眾暴寡。如字很有趣，如就是好像；其實好像就是一樣，但是，又不大一樣。什麼不一樣？包裝不一樣。經過包裝的東西，不能讓人看出來。否則，包裝就沒有意思了。其實，人生就是一個戰場，只是敵人很模糊，有時候，敵人就是自己。

第十二章【52】疲倦

怎麼回事？如…如此疲倦？今天的場面，應付得不錯。不得罪人，也不失面子身分。不要看著輕鬆寫意，那…那裡面也是數十年功力，一場硬仗！但是，似乎不是身體的疲倦；不過就是一個下午的戲弄周旋麼。戲弄？是有點這種味…味道。江湖歷練差得太遠，根本談不上什麼交手。以往，這種情況會讓精神亢奮一段時間。人生如戰場嘛，打了勝仗嘛。今天，怎麼一點興奮也沒有？只是徹底的疲倦呢？

國威興致很高，還想再談。李師傅讓他先回去，表示真的累了。國威向李師傅誇張的行禮，就像一個士兵，向他的統帥行禮一樣。李師傅擺擺手，嘴角輕輕的動了一下。

屋子裡已經黑了，窗外的天空暗紅，掛著幾個早出的星星。李師傅點上一根菸，看著窗外的天空。好看啊！奇怪。以前怎麼沒有…特別注意天空好看呢？他把視線往下移，看看圍牆裡面。那些樹木花草的陰影奇形怪狀，也很好看啊。七十多了，忽然對於周圍的細微事情敏銳起來，覺得很多事都有趣，都值得欣賞。也是啊。還能欣賞多久？看幾次呢？

李師傅回過頭，尋找書桌上的淑芳照片。照片上沒有人影，只是一片黑。跟淑芳的感情真好，但是，過去了。人都過去了，還要說什麼呢？這麼多年一個人，是因為對感情的執著，還是對浪漫的堅持？弄不清楚。是人老了弄不清楚？還是這種事情本…本來就弄不清楚？

天更黑了，李師傅沒有開燈，靜靜的坐在窗前。明華的事情，應該要認真考慮。近五十年的關係，她還這樣的認真，不容易。兩個人在美國過後半輩子？後半輩子？李師傅笑了。哪…哪有後半輩子？要是去美國，就要準備埋…埋骨異域。

李師傅打開桌上的小檯燈。那盞燈還是淑芳買的。燈雖然小，燈罩卻大而厚實，只在小範圍內有照明作用。李師傅中意這種有黑暗也有光亮的調調。看東西層次豐富，趣味足。喜歡那盞燈，是因為它的特點？還是因為淑芳？淑芳，妳怎麼說？應該去麼？

多年來，總是跟淑芳的照片說話。畢竟，那是一個可以說話的對象，一個精神上的溝通，一種能讓自己安定的力量。李師傅覺得，他和淑芳的照片，有類似宗教上的關係。人和神明的關係，不也就是一個說話的對象麼？有對象就好，有對象就可以講話。人不能講話，那…那就太慘了。明華呢？明華是一個對象麼？淑芳，妳怎麼說？

肚子有點餓。李師傅拿起桌子上的香蕉，吃了一根，又吃了一根。多年的單身生活，養成重視身體的習慣。飲食簡單了，也因此而針對營養吃東西。這種飲食方式，對身體好。李師傅再吃了一根香蕉，今天晚上，三根香蕉，就這樣算是吃過了。務實！可以這樣講。針對營養吃東西，就是一種務實。那麼，去美國呢？跟明華度過晚年，也是務實的麼？

吃過了東西，精神顯然好了許多。又想起下午的疲倦。李師傅走到臥室，把前些日子國威送的刀拿出來。他回到客廳，把屋頂的大燈打開。那把截短的二十九軍大刀，在燈光下閃著寒光。燈下不看刀？屋子裡不耍刀？李師傅笑了笑，做了個纏頭裹腦的動作。左掌推出，拉回；雙手握刀由右上而左下，劈出一記袈裟斬！

「好式子！」李師傅小聲的說。

無趣？下午的疲倦是因為無趣？無趣就糟…糟糕了，無趣的下一步，就是無聊。一生興趣多，也都有好成果。說我金頭腦？那是對人生一直有興趣啊。李師傅把屋頂的大燈關起來，把桌上的檯燈也關起來，走到窗戶旁邊，又走到紗門前面，打開院子裡的燈。他把刀立在腳旁，站在黑暗中。看著院子地上的光弧，看著光弧這邊的亮，和那邊的黑。怎麼這麼對黑有…有愛好？他把依在身旁的刀，旋轉一下。刀在黑暗中，發出一抹光。李師傅推開紗門，走到院子裡，站在燈光的圓弧中間，緩緩把刀舉起。他踏出右腳，雙手把刀緩緩推出，又緩緩放下，斜置在身體右前方。動作輕緩柔和，沒有絲毫的力度。但是，他的眼睛雪亮，閃爍著光華。他的身，寂然不動著，他的心，開合進退著。就這樣，注視著光弧外的黑暗，良久。

李師傅對著黑暗，把刀揚起，劈下。

「淑芳，我要下決定了。幫助我。」

青演先生批：

生理學家說，下決定最傷神。下決定，就是面臨兩難，就是在兩難中作選擇。選擇什麼呢？選擇未來應該如何，對自己最有利。未來又沒有發生，怎麼知道如何選擇？理智不能幫助選擇，感情也不能幫助選擇。到頭來，什麼是有利，什麼又是無利，也在生命之流中混成一片，弄不清楚了。經濟學上的零和理論有道理。零和理論，是經過數學驗證的。

第十三章【53】總結

家裡的氣氛真好，大家都圍著小嬰兒轉，尤其是爸爸媽媽。有時候，禮夏和美麗離那個軸心很遠，插不上手。老人的父愛母愛又出現了？還是老人的重要性又出現，找到施力點了？小夫妻兩個，奇妙的輕鬆起來。

「你最近要去會館嗎？」美麗問禮夏。

「今天就會去。整理過他的筆記以後，很想再聽他說話，想更了解他。」

「我也想去聽聽。不過，我更關心你。我覺得你受師傅影響真大，整個人都改變了。你知道，很多人一輩子也不變的。你二十幾歲，也沒有經歷過社會，只是聽人說說話，就有這樣的改變。我很好奇，也想知道你以後會怎麼走。說實在，我最近覺得，不認識你了。你不是以前那個禮夏。」美麗說。

禮夏不知道怎麼回答，他沒有聽過美麗這樣說話。說得這樣長，裡面又有很多意思。他抬著頭，把美麗的話想了一遍。突如其來的問美麗。

「現在這個禮夏好不好？」

「好！比較有男人味。」美麗說。

禮夏把美麗抱在懷裡。

「我不知道，我不知道將來會怎麼走。以前腦子迷迷糊糊時，倒是很清楚。現在腦子越來越清楚，反而不知道了。」

「不過，我覺得興奮，覺得變了一個人，一個我更喜歡的自己。」

禮夏把美麗抱得更緊一點。

「美麗。我害怕。」

美麗撫摸著禮夏的背脊。

「我知道，寶貝，我知道。不要怕，我在。你怎麼樣，我都跟你走。」

美麗知道，她和丈夫更近了。她喜歡。她喜歡丈夫成長的時候，她在旁邊。雖然，這種成長會有什麼結果，她隱約感覺得到。美麗吸了一口氣，輕輕的吐出來，沒有讓禮夏發現。

李師傅坐在客廳裡。禮夏想到第一次來的情形。好像什麼都沒有改變。

「小孩好啊？」李師傅問。

「很好。」美麗說。

李師傅笑了。

「小孩，真好。人類的繁衍、發展，就靠他們。一代一代啊。」

美麗跟師傅說了半天小孩的事。師傅很有興趣，美麗想到了禮夏的爸爸媽媽。禮夏沒有說話，眼睛望著師傅。

「有…有事情啊？」什麼事都瞞不過李師傅。

「沒有事。」禮夏不知道怎麼開頭。

美麗聰明，替丈夫把話說出來。

「師傅。您教禮夏很多，他很敬重您。我們都想知道，您的學問是從哪裡來的啊？」

李師傅笑得開懷。

「哪…哪裡有什麼學問。」

李師傅想拿菸，看了看美麗，又縮回手。

「不過，活…活得久一點罷了。哪裡算是…學問。」

「師傅太客氣了。您的學問淵博，而且實際，甚至…厲害。這樣成系統的學問，您不作學者真是太可惜了。」禮夏說。

李師傅哈哈大笑。

「不要捧我了！人情世故弄得熟一點…而已。」

「師傅。這樣說吧。中國古代的諸子百家，您認為您最接近哪一家？」美麗問。

這一次，李師傅沒有笑。他看了看美麗。

「師傅我，吸…吸一根菸，可以嗎？」

「師傅抽菸。沒問題。」美麗急著回答。

李師傅從來沒有當著美麗抽菸，那是對女性的尊重嗎？美麗想，今天師傅的心情可能不大一樣。或者，他有什麼話要說？

李師傅點上菸，站起來，把窗子完全打開。美麗和禮夏，靜靜的等著。

「雜家吧。可…不是咱們的咱啊！哈哈哈。咱家就，太…太看重自己了。當然更不是，砸…砸鍋的砸，那又太看輕自己了。哈哈哈，大雜燴的雜。」

「有！有這一家。小家。不出名！」李師傅低頭吸菸，忽然嚴肅。

「師傅開玩笑的啦。您到底是哪一家啊？」美麗追著問。

好。好嘛。還真是要，追…追根究底。李師傅又吸了一口菸，頭轉向窗外。

「嗨。咱們師徒有緣，也就是多聊聊。不…不要那麼認真。」

「不對！您有各種知識的底子，一定有說法！」美麗展現出少見的強勢。

哎呀。女…女人是難纏！李師傅看看美麗。歪著頭，想了一想。

「我想，我最接近兵家。」李師傅笑了，盯著這對小夫妻看。

「啊！兵家啊！」美麗驚嘆。

禮夏的眼睛發光。

「啊！師傅！我們是兵家啊。天啊。我還在想儒、道、墨、法四家呢。我們是兵家。怪不得…」

禮夏看著美麗，難掩興奮得意之色。

「一般人談思想，也就是儒家、道家。我甚至…很少聽人說自己是墨家、法家的呢。師傅。沒想到我們是兵家！這樣厲害，這樣古老，這樣…」

美麗用手戳禮夏的膀子。李師傅又哈哈大笑，似乎認為禮夏的反應，很好笑。他把頭轉向一邊吸菸，輕輕的搖了搖頭；輕到他自己都沒有發現。但是，沒有逃過美麗的眼睛。

「師傅。您教的東西好多喔。好像…也不只是兵法吧？」

李師傅收起笑容，把頭轉回來，仔細地看著美麗。嚇。好個機伶的小女子！他把菸放下，再度微笑。要是年紀差不多的朋友，他就要說：嗄？要三…三堂會審啊？面對這個年輕小女人，當然不能這樣說話。他看看禮夏，禮夏也看著他。

李師傅挪了挪身子，把手交叉在腹部。禮夏知道，師傅在專心思考問題。

「這樣講吧。中國總喜歡講諸子百…百家。就是你說的儒、道、墨、法那…那些。你問我是哪一家，我只好在其中選…選擇一家，來回答你。」

李師傅把菸熄了，拿著菸盒，在手中把玩。

「在諸子百家之前，你說教育是個什麼樣子？是個什麼家？」

禮夏沒有回答。美麗也直眨眼睛。

「是貴族教育？」美麗小聲說。

李師傅站起來，把菸盒重重摔在桌上。

「一點不錯！貴族教育！那才是真…真正的菁英教育！」李師傅大聲說。

他在客廳裡走來走去，過了總有一分鐘。最後，他走回座位，坐下。

「你們現在的教育，稱為國民教育。目的在培養出好…好國民。以前科舉時代的教育，是絕對的儒家教育，目的在培養好官員。這些教育方式，只能培養出集體主義者。也就是安分守己、唯唯諾諾的國…國民和官員。要是說到真正的人才，沒…沒有辦法。」

「沒有辦法。」李師傅看看禮夏，又看看美麗。

「真正的人才，無論哪行哪業…都是個人主義者。」他的聲音緩慢穩定。

「個人主義者？」禮夏說。

李師傅點點頭。繼續看著他們。

「諸子以前的六藝之學－禮樂射御書數，就是貴族的個人主義菁英教育。這種什麼本領都…都教、都講的教育，才出…出人才。你想，一個身通六藝能文能武之人，還…還要屈從於誰？那種六藝教育，不培養國民，不培養官員，只培養貴族！只培養領袖。只培養男人。」

屋裡很安靜，外面的蟲叫，有點刺耳。

「貴族…不屈從任何人。」禮夏深深呼了一口氣。

「不錯。不屈從任何人。但是一條。那不是因為他們的身分，而是因為他們的六藝本領。記住啊。」

「如果他們沒有本領，早…早就被轟下來了。他們的身分，是由他們的本領…換取來的。」李師傅說。

「身分是由本領而來？」美麗喃喃的說。

「當然。那種文武合一的貴族教育，讓他們成為可以獨立於社會之中。他們是真正成熟的自…自由人。」李師傅說。

「其他的教育，不…不能培養完整的人格。不能獨立於社會，只能做社會的螺絲釘。既然只是螺絲釘，便永遠…不得自由。」

「啊！諸子百家以後的教育，培養出社會機器的螺絲釘。諸子百家以前的教育，培養出社會機器的…管機器的人！」美麗的聲音，有點提高。

「對的。社會機器的操縱者。」李師傅的聲音很平和。
他仔細的盯著美麗看，看得很深，但是又像是很輕描淡寫。這…這個小女人！奇怪啊。自己雖然不是大男人主義，但是…總也沒有很注意女人。女人的智慧，實在高於男人！只是，她們沒有把心放在思考上面，她們用心過日子。李師傅的眼神少許流動了一下。沒有淑芳，幾十年來，會過著怎麼樣的日子呢？現…現在，如果沒有明華…

「所以，諸子百家都只是框框而已…」禮夏還有好多問題。

「師傅！您是不是以繼承貴族教育為己任啊？」美麗也搶著問。

「行了！這個話題，結束了。不…不說了。」
李師傅頻頻揮手。

「怎麼樣？晚上咱們出…出去？請你們吃牛排？民以食為天，那才是真…真理！才是真玩意兒！」李師傅笑得開心。

青演先生批：

自「生而自由」說法從西方興起；自由變成口頭禪，沒有什麼實質意義。人怎麼會「生而自由」呢？人一出生就不自由，被產婆打得哇哇哭。自由是人謀求來的，是少數人的特權。這種特權不是天賦，而是人為。人生一場，就是為了活得自由。要自由，只有一個辦法，就是有知識、有見識。讀書有知識，歷練有見識。有知識、有見識，才能遊走社會，才能自由。所謂「背六藝，踏五行，江湖行走，建禪觀，立世法，不作眾生」。眾生不自由，因為眾生活得迷糊。

第十三章【54】流星石

下午，世雄打電話來。禮夏正在看書，下個星期得交一些報告。

「禮夏，你知道師傅要去美國嗎？」世雄說。

「嗄？美國？去玩嗎？」

「不是，去定居。聽說師傅有個新師母，以後長住舊金山。」世雄說。

「你聽誰說的？」禮夏對於這個消息，半信半疑。

「國威說的。我們要約時間，請師傅吃飯，也算是送行。你參加嗎？」

「我當然會到。不過，真的很詫異…我去會館看師傅。」

「嗯。我也要找時間去看他。」世雄說。

禮夏放下電話，覺得很失落。好像要離開一個親人，一個依靠。他站在窗前，看著外面天空，想著師傅說話的樣子。怎麼回事呢？當然，每個人都有人生規劃。但是，師傅已經七十多了。結婚！出國定居！真是大事。年輕人要做這些事，怕是也要躊躇良久。想著想著，禮夏的失落感，漸漸被正面情緒取代。了不起啊，師傅畢竟是師傅！多少老年人，能夠像師傅這樣做決定，這樣走完人生的最後一程？有勇氣。精采！精采的句點！

「好！」禮夏不自覺的喊了一聲。

美麗抱著女兒，經過房門口。

「什麼事情啊？」

「師傅要結婚，要去美國了。」禮夏說。

美麗搖了搖女兒。

「嗄－？真是精力充沛啊。師傅一定有自己的想法。」

「一定的。我現在就去會館看他。」禮夏說。

天空有點灰。禮夏到會館，進屋子，剛好避開一陣傾盆大雨。師傅還是老樣子，跟禮夏第一次來的情況，一模一樣；坐在他的專用椅子上，老神在在。不過，禮夏注意到，椅子扶手上的藤皮，有一根已經繃開，在空中輕輕的晃動。

「師傅。您真的要去美國嗎？」禮夏問。

李師傅點點頭。端起桌上的茶杯。

「已經決定。大概就是這個月底。票…票，你師母已經去準備了。」

「恭喜師傅結婚。」禮夏很誠心的說。

「唉。老人說不上結婚，談得來，在一起有個照應。呵呵呵。這種心境，你…你不能了解。」李師傅輕鬆的笑著。

禮夏不大了解師傅的心境，但是，不必多問。這種感情上的事，是一種境界。境界是經驗，而不是知識，講也講不清楚。禮夏換了個話題。

「還有很多事要請教您，要跟您學！您離開了，沒人可以問了。」

李師傅沒有喝他的茶，把杯子放回桌上。

「不…不至於。活到老，學到老。以後，到社會上…去學！」

「社會好像很可怕。」禮夏說。

「不錯。一般而言：家裏不教，老師教；老師不教，社…社會教！只是社會上沒輕沒重。在社會上學東西，要付出代價。然而成長也就是如此。」

「師傅。我不怕的。我是您的徒弟！」禮夏說的很有力量。

「好－！其實，我最不擔心你。你的個性穩定，但是有強烈的…成分！只是家庭環境太好，標準書香門第。你會吃些苦，不過你磨得出來！我反而擔心，國…國威一些。他愛粗獷，有一天怕會吃虧。」

禮夏看著地下。

「師傅。有的事情，您不是很願意說。可是您要出國，以後沒有機會問了。」

「問！知無不言，言無不盡！」

李師傅笑了。這個禮夏，就是問題太多。有時候，問得人難回答。不過也好，一次解決！學而知之，總比，困…困而知之好。師徒麼！什麼不能說？

「我還是想談師傅的思想體系，思考方式。我認為這是能夠真正了解您，進而跟隨您的方法。我很敬重您，您可以說是我的偶像。」

禮夏低著頭，一口氣說完。

李師傅深深的吸了一口氣，又呼了一口氣。

「禮夏，你注意啊。聽我講，聽你學校，老…老師講。發現差別，最後，走…走自己的路。也就好了。」

李師傅看著禮夏，眼神，出奇的深沉。

「不說什麼偶像。也，不…不要模仿我。我是一個錯誤的實驗品。」

李師傅又去拿茶杯，把杯子在手裡輕輕轉動著。禮夏沒有聽清楚師傅說什麼。

「您說什麼？」禮夏問。

「錯誤的實驗品。」李師傅慢慢的說。

禮夏把身體向前靠。

「師傅。您說什麼？」

李師傅把茶杯兩個手端著，放在肚子上，看著禮夏笑。

「我世家出身，以前家裡，有…有錢。少爺麼，什麼都玩。但是一條：玩世怎可不恭？妒世何必如仇？我可是玩得…很認真。對什麼都有興趣，對什麼都希望深入了解。」

禮夏聽清楚師傅說什麼了。

「師傅。您怎麼這麼說呢？這樣不是最好嗎？不是豐富而有內涵的人生嗎？」他開始著急起來。

「孔子不是也說：君子不器嗎？」禮夏的古書還是有點底子。

李師傅又笑了，眼神變得很溫和，溫和到有一點憂鬱。

「君子不器。好理想啊。好個，遙…遙遠的理想啊。你想想，一個人有一項本領，弄得很純熟，足以安身立命，已經，不…不簡單。他想要什麼都會，可是做不到，苦不苦？」

禮夏不能反駁，只好點點頭。

「再講。如果一個人真的什麼事情都了解，並…並且做得也都好！他更是苦…苦不堪言。」李師傅的笑意加深了。

「為什麼呢？」禮夏眨眨眼睛。

「社會上有成就的人們，因為忌妒、恐懼而，不…不敢用他！一個本事極大的人，不能為人所用，你說苦不苦？你剛才講孔子。孔…孔老夫子不也是如此？周遊列國，誰敢，用…用他？」

禮夏看著師傅，專心在他的記憶裡，搜索著什麼。

「那麼師傅。如果一個人，立志做強者，堅持不為人所用…」

李師傅眼睛亮了。

「好！你…你很肯深思！不過這個問題，也難。如果一個人不為人所用，而自己獨當一面，那就更需要彼此利用。人家知道你這麼強，都要避著你，不會也不肯，成…成就你。」

李師傅想了想。

「你還是說得對！一個人本領這樣大，也…也只有走上，強…強者之路。但是，如果做不成強者，不能因為多才多藝而多采多姿，還…還是個苦。」

「那麼，您認為真正的全方位教育，並不好？」

李師傅喝了一口茶。

「不能說不好，只能說，是一條困難艱苦的路。孔老夫子一句君子不器，若是認真實行起來，真是高處不勝寒。要知道，全才，活…活得辛苦。」

禮夏坐直身體，看著他的師傅。

「我決定走跟您一樣的路，做一個真正的男人，做一個強者。您同意嗎？」

李師傅低下頭微笑，又抬起頭。這個禮夏，真的要這樣，認…認真麼？

「我怎麼能說同意還是，不…同意？我已衰老，早已，日…日薄西山。只是把我知道的東西，講給你們聽聽。你們要走自己的路，我從來沒要你們跟隨。」

禮夏也笑了。

「師傅。不是您要我跟隨，是我要跟隨。」

「長久的路啊。不平坦的路啊。」李師傅說。

「我知道。」禮夏平靜的說。

李師傅好像想到什麼事情。

「你來我的，房…房間。」

師傅的臥室，禮夏從來沒有進來過。裡面很簡單，一張床，一個衣櫃，一個小桌。李師傅打開櫃，在下面的抽屜中翻著。最後，他找到一個小紙包。紙包已經發黃，看來有些年代。李師傅把小紙包打開，裡面有個烏黑的小石頭。石頭雖然烏黑，卻發出一點金屬的光澤。

「不是師兄弟都叫這裡，流…流星會館麼？這就是那個小流星石。不…不起眼，我的師傅給我的。在那個年代，也是稀罕物。」
李師傅把小石頭塞給禮夏。

「師徒一場。送給你了。」
禮夏接過來。

「謝謝師傅。」禮夏說。

「不要謝我，一切都是緣分，一切都是，推…推著走的。」

禮夏回到家，把流星石給美麗看。

「妳看，流星石。我們叫做流星會館，就是因為師傅有這個流星石。」
美麗拿著小石頭，看了很久。眼睛轉了好幾圈。

「那麼些個師兄弟，師傅怎麼給了你呢？」美麗問。

「什麼意思啊？」禮夏有點摸不著頭腦。
美麗看著禮夏，有點責備的意思。好像說：你不是腦子很靈光嘛？怎麼臨事反應遲鈍呢？

「你不覺得，師傅把什麼，交給你了嗎？」

禮夏感覺背脊忽地冒汗，意識有一點空白。他看看小石頭，又看看美麗，沒有說話。

青演先生批：

人喜歡帶個裝飾品，有人純粹為了美觀；有人迷信，相信可以幫助自己。古人也喜歡帶個小物在身上，那叫做醒器。醒器的意思很好，讓那個小物隨時提醒自己。提醒什麼呢？那就有不同的想法了，每個人需要被提醒的事不一樣。醒器是一種道器合一的證物。「形而上者謂之道，形而下者謂之器。」多讀點古書是不錯的，境界不同。

第十三章【55】餐會

大家送師傅，約在一家江浙餐廳。所有徒弟都到齊，新師母也來了，一個有風度的老太太。還沒有吃飯，她已經跟所有的男生講過話，跟所有的女生打成一片。幾個女生，也找機會悄悄的談論著新師母。她們覺得，以一個近七十的女人而言，新師母的身心狀態都很好。凡是狀態好的人，都能跟周圍的人發生互動。要是不能夠互動，生命也就沉寂下去了。幾個女生講著，想著：無論美麗的夕陽維持多久，總是讓人能有浪漫幸福感。女人就是女人，看見別的女人種種，總要對自己做一番聯想。

李師傅保持一貫的微笑。舉起酒杯。

「好…好酒啊。」

「女兒紅。」世雄講話。

「中國酒。可以在世界上和洋…洋酒一拚高下的，也就是它了。」

「高梁如何？」國威說。

李師傅皺眉頭。

「高梁不行。辣…辣。而且穀子味兒，沒有去掉。」

說到酒，國威很有興趣。

「穀子味道？」

李師傅要拿菸，明華制止他。徒弟們都笑了。師傅也笑。

「我認為，高粱，就…就是白酒啊，那麼流行，應該是清朝以後。你看明朝人寫的《水滸傳》，眾家好漢一進酒館，便有那店二小過來篩…篩酒。可見都是釀造酒，而非蒸餾酒。如果是二鍋頭，武松也不能那樣，喝…喝法。」

李師傅把酒拿起來，聞了聞。

「清朝從東北入關後，那裡長期受俄國影響，高粱應該受了點佛…佛得佳的影響，都是蒸餾的白酒。可是一條，好的佛得佳可以做到完全，沒…沒有味道，那是它高明之處。」

「師傅。我喝過各種調味的伏特加。」

「對！那是它，更…更為高明之處。因此，它才能廣為人知啊。高粱要是把穀子味兒去掉，它也可以調味，可以有各種變化。」

「哈哈哈。師傅高見。以後我們可以做這門生意。」

國威興奮的說。小莉轉過頭瞪他。

「好了－。聚餐還要講課麼？」明華說。

「讓師傅講吧。我們都愛聽。最後的機會了。」世雄說。

李師傅繼續講。

「但是，高粱再好，它也只能到佛得佳的地步。對不對？要講高級，要講各種不同的層次和等級，還…還是要講紹興系。你看，紹興分黃酒、紹興、陳紹、女兒紅！只有紹興可以和葡萄酒，打…打對台。葡萄酒不是也分什麼 Vins de Table、Vins de Pays、Appellation 好幾個等級麼？東西一分級，就有名堂，就可以，商…商業化。」

「就像國民教育分年級，可以一教十幾年。東洋武術分級分段，那些師傅們的錢就賺不完。不像我們師傅，把寶貝一骨腦都教我們了。哈哈哈。大家敬酒－！」國威開心的說。

「嗯嗯。對。我們不是國民教育。」李師傅低頭看看他的盤子。

「真的要吃飯了，不要講課了。別人都說是你是金頭腦。是吧？」明華說。

師傅轉過頭看明華，似點頭似不點頭地微笑。

菜很好，也合李師傅胃口。不喝酒的。這種場合，他也只是酒杯沾沾唇。禮夏忽然站起來，拿著杯子大聲說。

「師傅！謝謝！」他喝盡杯中酒，眼睛裡充滿淚水。

場面忽然沉默了。美麗擔心的看著禮夏。

「坐…坐下。不要難過。今天大家高興。」李師傅說。

師兄弟的歡喜面具，被禮夏的舉動一下戳破。錦花拿出手帕，捂著臉哭。書晴去拉她的手。大家也都紅了眼睛。

「大家真心感激師傅。也都是有感情的人。師傅都知道。」明華吸著鼻子打圓場。

李師傅看著大家，臉上還是有笑容。

「好了！練…練武之人，不興這一套。」

他舉起酒杯。大家也都舉起酒杯。

「咱們師徒有這一場緣分，不容易。師傅我這一生，就像，流…流星一樣，劃過天空。現在火光也要熄滅，希望…能夠留給大家一點回憶。」

「你喝醉了。亂講話。大家緣分還長著呢。」明華拉師傅的衣袖。

師傅站起來。現出從來沒有過的嚴肅。

「希望，你…你們不要做流星。希望你們都能成為，恆…恆星。讓其他的星星…圍著你們轉。」

「師傅。您不是流星。您是我們的恆星。」祖安拿著杯子站起來。

「您是我們的，北…北極星，指引我們一個，對…對的方向。」福貴也拿著杯子站起來。

大家受到震動，講話變得很僵硬八股。禮夏斟滿酒，再舉起杯子。

「師傅。您是我們的恆星。如果您要做流星，我們…都陪您做流星！」

大家都站起來。

「好－！」師傅說了一個好字，哽咽的接不下話。

「好。願我們都試著，作…作恆星，永遠發光發亮。」

李師傅，眼神銳利地環視著他徒弟們。

「做不成恆星，咱們也不做…媽的行星！衛星！不能讓人家，圍…圍著咱們轉！咱們就劃出…短暫的光輝，遨遊天際吧！」李師傅看著他的酒，一仰而盡。

禮夏把杯子高舉過頭，放聲大哭。酒，潑了出來。順著他的手臂，緩緩流下。

青演先生批：

分手－不知道會不會再見，古話叫作生離。生離有硬生生拉開的意思。人非草木，孰能無情。最好的辦法，就是視為緣份。緣份這個詞真好，兩個意思：緣是心在一起，份是身在一起。有緣無份，有份無緣，都是極普通的情況。一般人不注意這個事情，總是到了分手時候，才難過起來。人生如過客，大家同在一輛車裡。該下車了，也就下車了。

第十四章【56】尾聲

老人總是只剩下回憶。年輕的時候，沒有回憶。壯年，不在乎回憶。中年以後，不敢回憶；怕陷入回憶，就要變成老人。等到真老了，就不怕了；因為除了回憶，也沒有什麼事情可做。只是，怎…怎麼很多事情，真的想不起來了呢？難道最後，連回憶也要被奪去嗎？老人只剩下回憶？說這話的人，怕是，還…還不夠老。李師傅把手上的菸熄滅，看看泛黃的手指。

「Uncle！進來吃飯了！」Jenny 打開窗戶喊。

舊金山漁人碼頭附近，濃重的彤雲夾著淺灰。好看的夕陽啊！

李師傅從台階上站起來。一個白人小男孩踏著滑板，「呼」的一聲閃過他面前！李師傅閉起眼睛。他知道，在不能抵抗的情況下，最理智的作法，就是閉上眼睛。對閉眼睛這件事，李師傅感覺到少許的悲哀，少許的興奮。畢竟，他的意志，還是下達了正確指令。一個老練家子，在最後關頭，表現的還是不錯！這些感覺，輕輕飄過他的腦際，又飄走了。八十多歲的人，要是還感慨系之，就顯得多餘。

「來…來了。」李師傅大聲回答。

青演先生批：

人生就是要活得個有頭有尾，要活得明白。至於說，頭尾是哪裡，誰也不可能知道。不可能知道的事，大概只有老天爺知道。那種事還要去計較，就叫做杞人憂天。杞人憂天是個可笑的故事，是個反映大多數人的可笑故事。咱們不需要做大多數人，咱們不需要變得可笑。

王大智作品集　青演堂叢稿六輯小說　9900A06

流星會館

作　　者　王大智
校　　對　王大智

發 行 人　林慶彰
總 經 理　梁錦興
總 編 輯　張晏瑞
編 輯 所　萬卷樓圖書股份有限公司
封面攝影　王美祈
封面設計　宋樵雁

發　　行　萬卷樓圖書股份有限公司
臺北市羅斯福路二段 41 號 6 樓之 3
電話 (02)23216565
傳真 (02)23218698
電郵 SERVICE@WANJUAN.COM.TW
香港經銷　香港聯合書刊物流有限公司
電話 (852)21502100
傳真 (852)23560735

ISBN 978-986-478-464-6
2021 年 6 月初版
定價：新臺幣 380 元

如何購買本書：
1. 劃撥購書，請透過以下郵政劃撥帳號：
帳號：15624015
戶名：萬卷樓圖書股份有限公司
2. 轉帳購書，請透過以下帳戶
合作金庫銀行　古亭分行
戶名：萬卷樓圖書股份有限公司
帳號：0877717092596
3. 網路購書，請透過萬卷樓網站
網址　WWW.WANJUAN.COM.TW
大量購書，請直接聯繫我們，將有專人為您服務。客服：(02)23216565 分機 610

國家圖書館出版品預行編目資料

流星會館 / 王大智作. -- 初版. -- 臺北市 : 萬卷樓圖書股份有限公司, 2021.06
面 ;　公分. -- (王大智作品集 ; 9900A06)
(青演堂叢稿. 六輯)
ISBN 978-986-478-464-6(平裝)

863.57　　110006767